スペル&ライアーズ
3
十利ハレ
Hare Tori
ill. たらこMAX
恋人が切り札の
少年はヤンデレ妹と
兄妹喧嘩するそうです
JN106001

日宛館燐胡
[ひのたち　りんご]
「オラクルのワンド所属の
天才美少女研究者っス！」
「ここは敵の本拠地よ。
静かにして頂けないかしら」
真昼美鈴
[まひる　みれい]

ディアノート
「貴様に、その覚悟があるか
……我が契約者よ」

「また会えて嬉しいよ。兄さん」
桐谷凛音
[きりや　りんね]

「そういうお年頃
なのはわかるけど、
ヘレミア」

「本当に救いようがないわぁ」
「ここはどこ……
あー……」
どうやら駿はヘレミアの下敷きに
なっていたようで、
駿はヘレミアのドレスの中から
でてきた形になるわけで……。
桐谷駿
〔きりや しゅん〕

「契りを交わせ――
「悠久の花嫁」ミラティア！」
「ん！　シュンのわたし。
再びさんじょう」

新たな恋人の生誕を祝福するように、
重々しい鐘の音が鳴り響く。
純白の粒子が舞い、踊る。
純白のベールに、オペラグローブ。
裾の広がったスカート。
まるでウェディングドレス——
花嫁の名に相応しく華やかで、美しい。
ミラティア

Keywords
[キーワード]

『スペル&ライフズ』

僕となるクリーチャーを召喚する『**ライフ**』と、様々な異能を発揮する『**スペル**』という二種類のカードの総称。これらを操る力に覚醒した存在を『**プレイヤー**』と呼ぶ。

カードにはN、R、SR、SSR、Lという5種類のレアリティがあり、Lは幻級のレア度を誇る。だがカードの強さはレア度だけでは決まらない。組み合わせや相性——つまりプレイヤーの使い方次第である。

色藤島 [しきとうじま]

『スペル&ライフズ』の研究のために生み出された**人工島**。**異能特例区域**に指定されており、プレイヤーとして目覚めた人々はみなこの島に集められる。

カードの研究は軍事転用から日常生活に活用するモノまで多岐に亘り、合法的な実験のみならず、**危険を伴う違法な研究**も行われているが、その成果から黙認されている。

しかしこれらの研究が行われていることを除けば、この島の人々の生活は至って普通のものである。

運命シリーズ

タロットカードの大アルカナに準えた全二十二枚からなるシリーズもののライフである。運命シリーズの全てが精霊種、**レアリティは「スペル&ライフズ」最高のL**。

0番〜21番までの全ての運命シリーズを集めることで、**何でも願いを叶える**と噂される最後の一枚[世界]の名を冠したライフが顕現すると言われている。

桐谷駿は妹の凜音の手がかりを探すために、運命シリーズを集めることを決意した。

スペル＆ライフズ 3

恋人が切り札の少年はヤンデレ妹と兄妹喧嘩するそうです

十利ハレ

OVERLAP

Index

［目次］

［イラスト／たらこMAX］

プロローグ

　羽《は》風《かぜ》真《ま》琴《こと》は悪を否定することこそが正義の体現だと信じていた。いた。そう過去形。今思えば愚かしいとも思えるその思考は、警察庁公安部特殊異能課臨時特別部隊隊長である真《ま》昼美《ひるみ》鈴《れい》に出会うことで霧散した。

公安部の特殊異能課は、スペル&ライフズに関する事件を専門で取り扱う部門である。中でも臨時特別部隊は、基本的にスペル&ライフズのプレイヤーで構成されており、スペル&ライフズに関する特定の案件に対して自由な活動が許されている。

　こうして肩書を並べてみると、さも立派な組織であるかのように思えるが、公安部内での発言権は低く子供のままごとだと揶《や》揄《ゆ》されることもしばしば。それでも、臨時特別部隊が解体されないのは、偏《ひとえ》に美鈴が結果を出し続けているからに他ならない。

　鈍く光る星空の下、僅かに香る潮の香りに真琴は鼻をひくつかせる。

　緊張感に奥歯を噛《か》みしめ、制服のネクタイを締め直した。これで本日三度目である。

「クク……黒く重々しい……鉛のようだ。やはり、海は夜に限る」

　比べて目の前の少女の辞書には緊張感なる言葉は記載されていないようで、額に手を当てて奇怪な笑い声を漏らしていた。

二つに結われた月色の髪に、赤と黒を基調としたゴシックロリータのドレス。ガーネットの右眼《みぎめ》。左眼は漆黒の眼帯に包まれており、病的なまでに白い肌も相まって吸血鬼のお姫様のようだった。

人間離れした容姿を持つ彼女――ディアノートは、その見た目通り人間とは異なる知的生命体である。スペル&ライフズ最高レアリティの精霊種。伝説と名高い運命シリーズの一角なのだが、その言動は少々残念なものがあった。

「これから血肉が湧き踊る常闇の祭典が始まる。貴様に、その覚悟があるか……我が契約者よ」

これがディアノートの通常運転。

もし、ディアノートが敬語を使って礼儀正しく接して来ようものなら、真っ先に偽物を疑う。いや、疑うどころか、確信する。

「わかってると思うけど、勝手な行動は許さないよ。君が何かやらかしたら、美鈴さんに怒られるのは僕なんだから」

「我が契約者のクセに、あの壁パイ女に頭が上がらぬとは……情けないヤツじゃ」

「ディア、明日のおやつ抜きね」

「な……貴様、人の心を失ってしまったのかッ!?　そのような恐ろしいことをよくも――あぎゃっ」

くわっと眼を見開いて声を張るディアノートの頭を、真琴は容赦なく叩《たた》く。

「静かに。気づかれたら面倒じゃないか」

「く……うぅ、叩いた……妾《わらわ》の天才的な頭脳が不具合を起こして世界が滅びたらどうしてくれるのじゃっ」

「元々不具合だらけでしょ。ていうか、どういう思考の飛躍があれば世界が滅ぶことになるのさ」

真琴はディアノートを宥《なだ》めるのを諦めて目の前の倉庫に目を向ける。

鶴妓港《つるぎこう》。

十数年前は色藤島《しきとうじま》の主要な港として使われていたが、新しく椀戸港《わんどこう》ターミナルができてから、ほぼ廃港状態にあった。放置された船舶はフジツボに侵食されており、目の前の倉庫は潮風で錆《さ》びついている。

普通に生活していたら、まず訪れることはない場所だが……残念ながら公安の一員である真琴の生活は高校生の普通からは大きく逸脱している。

「チャンスアッパーを回収すればいいのであろう？」

「うん。オラクルによるクスリの出荷は止まったようだけど、既に出回った物が裏で回されてる。その現場を押さえるのが、今日の僕たちの仕事だよ」

チャンスアッパーはオラクルが独自に開発したクスリで、それを飲んだプレイヤーがカードをアセンブリデッキから引き出す――ドローをする際、高レアリティが排出される確率が上がるという効能がある。

　アセンブリデッキへの介入、一定の確率が定められているはずの排出率の操作は前代未聞。

　確率論であるため証明は難しいが、一定の効果はあると公安内では結論付けられている。真琴も調査の一環で手に入れたチャンスアッパーを使用しており、その際に新たな一枚の運命シリーズを引き当てた。

　結果、美鈴にこっぴどく叱られることになったのだが、その話は割愛。

「オラクルは鶴妓区《つるぎく》を中心にチャンスアッパーを広めた。その目的はわからないけど、問題はクスリに副作用があるってことだ。だから、これ以上被害者を増やすわけにはいかない」

　真琴は倉庫の鉄扉に手をかけ、ディアに目配せをする。

「いくよ、ディア」

　しかし、ディアは珍しく真剣な顔つきで眉を寄せる。

「……ディア？」

「少し遅かったかもしれぬな」

　瞬間、倉庫内から男の断末魔が響いた。

真琴は力を込め、慌てて鉄扉を開く。

光源は穴の開いた天井から僅かに差し込む月光のみで、薄暗い。

まず目に入ったのは三人分の人影だった。

低い呻《うめ》き声《ごえ》がして視線をやると、地面に十数人の男たちが横たわっているのがわかった。

床には無数のカードが散らばっており、僅かに血の香りもする。

「どうですか！　お主人！　ルルナは戦闘でも役に立つのでございますよ！」

「いや……そもそも戦ってほしくなかったんだけど」

「シュン、わたしは戦っているときもかわいい、よ」

「いや、だから戦わないでよかったんだって……」

ため息を吐《つ》く少年に、二人の少女……恐らくライフだ。

状況が読めない。彼らがチャンスアッパーの取引相手か。いや、関係のない第三者という可能性もある。どちらにせよ、トラブル発生。真琴としては歓迎できない展開だった。

「君は……誰だ？」

そんな真琴の呟《つぶや》きに、少年はやっとこちらを見る。

「善良な男子高校生Aですって言ったら信じるか？」

真琴へとゆっくりと歩を進める少年の顔を月明かりが照らし。

見覚えのある、その顔に真琴は息を呑《の》む。

「恋人使い《ファントムラバー》――ッ!?」

運命シリーズの六番、［恋人］ミラティアを使役するプレイヤー。桐谷駿《きりやしゅん》。

以前、誠背区《せいはいく》のキリングバイトに潜入した際に対峙《たいじ》することとなったプレイヤーだ。

その邂逅《かいこう》自体は偶然であり、真琴の目的が勝利になかったという事情はあれ、一度こっぴどくやられている。しかも、当時は［恋人］のカードの使用はナシときた。

「君がチャンスアッパーにご執心だとは思わなかったよ」

「はあ？　なんでチャンスアッパーの話が出て来やがる」

目的を探るための鎌をかけたのだが、これはどちらの反応だろうか。小手先のハッタリを利かすタイプには思えないが。

チャンスアッパーの回収が目的の真琴としては、無駄な戦闘は避けたい。相手が、あの恋人使い《ファントムラバー》だと言うなら、猶更《なおさら》だ。

「シュン……あれ、［愚者］」

と思ったのも束《つか》の間《ま》。ミラティアがディアノートを指差して、呟いた。

「ああ、なるほど。大した収穫もねえと思ったが、そりゃ都合がいい。派手な動きはしたくなかったが、目の前にネギ背負ってんの見て、見て見ぬふりはできねえなァ！　オラクル！」

駿はデッキホルダーから、素早くカードを引き抜いた。

一瞬にして、場の空気が変わり、緊張感に満たされる。

「ちょっと待って！　僕はオラクルじゃないよ！」

「そりゃあ、地べたに這《は》いつくばったテメエにゆっくり聞いてやるよ！」

Rベーシックスペル【ファイヤーボール】

赤色のエフェクトが舞い、真琴目掛けて一直線に灼熱《しゃくねつ》の炎弾が迫る。

「ククッ、闘争を求めるか、罪人よ」

その炎を恐れることなく、ディアノートは主を守るように真琴の前に滑り込むと、素手で炎弾を弾《はじ》く。ディアノートの手が炎弾に触れた瞬間、ガラスが割れるような破砕音が響き、炎は跡形もなく霧散した。

「ならば、闇夜に耀《かがや》く月色。紅《くれない》の真祖たるこの妾が貴様を葬殮《そうれん》してやろうではないかッ」

「ちょ……ディア!?」

「安心せよ、我が契約者よ。零番たる妾が、六番と十八番などに遅れを取るわけがなかろう」

真琴は、すっかり戦闘モードに入ってしまったディアノートに頭を抱える。

どうにか駿に話を聞いてもらおうと苦心していたのが台無しだ。

「シュン、わたしこの子きらい、かも」

「ルルナのことは何と罵倒して頂いても構いませんが……お主人のために貴方《あなた》は倒させて

いただきます」

ディアノートが十八番と言ったということは、短刀を構える獣耳の少女は［月］ルルナだろう。ミラティアにルルナもすっかり戦闘態勢へ移行している。

「ああ、もう……胃が痛い。結局いつもこうなるんだ」

以前は［女帝］ヘレミアの《傀儡《かいらい》》にかかったフリをして、彼女から受け取ったカードを使い駿と戦い、敗北した。しかし、今回はディアノートがいる。

同じ運命シリーズを持っていて、そこまでの差があるとは思えない。

真琴も覚悟を決め、デッキホルダーからカードを引き抜いた。

「話を聞いてくれない君が悪いんだからね」

ＳＲベーシックスペル【聖流―ストリーム】

闇を切り裂く眩《まばゆ》い白光の奔流。投網が広がるように放たれたそれは、駿、ミラティア、ルルナを飲み込み――しかし、手応えなどまるでなかった。

光に当てられた駿たちの姿は、ホログラムのようにブレる。

「既に発動していたのか――ッ!?」

［恋人］ミラティアの《幻惑》は、空間に実体のない像を映し出す幻術系最上級のスキルだ。既に駿らの姿は闇に隠れ、今まで真琴の瞳に映っていた姿は虚構であった。

「ディア！」

真琴《まこと》が指示を出す前に、ディアノートは人間離れした初速を以《もっ》て駆け出していた。

虚構であることが確定づけられた駿へ目掛けて、弾丸の如《ごと》く一直線。迷うことなく右拳を振り上げ、叩きつけた。

瞬間、破砕音が鳴る。

スキル《瓦解》――ディアノートの手が触れたベーシックスペル、リザーブスペル、アームドスペル及びスキルを無効にする。

それが、運命シリーズ零番。［愚者］ディアノートの力であった。

ミラティアの《幻惑》が無効化され、隠されていた駿の姿が晒《さら》される。

「――ッ!?」

それが想像よりも近くだったから、真琴は肝を冷やした。

視界の横。一歩踏み出して手を伸ばせば触れられてしまう距離まで駿は迫っていた。

真琴は弾かれたようにバックステップで距離を取る。

「それは悪手だぜ」

口端を歪《ゆが》める駿。その奥には煌々《こうこう》と輝く月が二つ。

その二つ目の月が視界に入った瞬間、目の前が真っ暗闇に覆われた。

最初は《幻惑》による幻を疑ったが……違う、視覚が奪われたのだ。それがルルナのスキルなのだろうか。瞳には光の一片だって映らない。

「ディア！　僕に触れて！」

「おせえよッ！」

脳内でけたたましく響く緊急アラート。

真琴は咄嗟《とっさ》に腕を上げて攻撃に備えるが、視界がままならない今の真琴のそれが正常に機能することはなく、頭部に鈍痛。回し蹴りでもされたのだろう。真っ暗闇の世界で、まともに受け身も取れず体が地面に投げ出される。

「く……っ」

頭がズキズキと鈍く痛む。視界が閉じられてしまっていては、状況の把握さえ困難だ。

地面に手を付いて立ち上がろうとした瞬間、視界に光が戻り――目の前には西洋剣が突き付けられていた。

ミラティアの姿は見えず、ディアノートはルルナに足止めされている。近接戦闘でディアノートと渡り合えるとは、見かけによらず運動能力に長《た》けているらしい。

「……ぼ、僕の話を聞いてほしいんだ」

真琴は己の不利を悟って、降参だと両手を上げる。

「いいや、お前は俺の聞いたことだけに答えろ」

「僕は公安部特殊異能課の人間だよ！」

話を聞いてくれそうにない駿に対して、真琴は無理やり自己紹介をした。

駿は眉を顰《ひそ》めて真琴の首元に剣を這わせ……動きを止める。公安を示す右腕の腕章が目に留まったようだ。

「お前、オラクルじゃないのか」

「だから、そう言ってるじゃないか」

駿はアームドスペルの西洋剣を解除……カードに戻すとデッキホルダーに収納。顎をしゃくって、ミラティアとルルナを下がらせた。

「僕も君がオラクルなんじゃないか、そうじゃないとしても何かしらの繋《つな》がりがあるんじゃないかと疑ってたんだ。でも、オラクルへの敵意を見るに、どうやらそういうわけでもないらしい」

真琴は埃《ほこり》を払いながら、ゆっくりと立ち上がる。

桐谷駿。彼の強さは、今回の戦いで再確認できた。

加えて、オラクルへの敵意も人一倍ときた。

これは捉えようによってはチャンスである。

真琴は駿へ右手を差し出し、口を開く。

「公安もオラクルには手を焼いていてね……僕たち協力できると思わないかい？」

Phase.1 幽閉―引き裂かれた恋人たち Spell and Lifes

「ミラ、とりあえず降りてくれないか？」

自称駿の恋人であり、相棒であるライフの少女、ミラティアは、駿と向き合う形で堂々と膝の上に座っていた。

ルビーの瞳でジッと駿を見つめ、何をおかしなことを言っているのだろう、とでも言いたげに小首を傾《かし》げている。

このやり取りも、もう何十回と繰り返しているはずなのだが……本気でよくわかっていなそうなのが不思議だ。

別に駿もミラティアにくっつくなと言いたいわけではない。

問題は場所と時間だ。

今は教室で授業中。

そして、問題はもう一つ。いや、もう一人。

「……なんか狐耳《きつねみみ》のロリっ子が増えてる」

クラスメイトの誰かが呟いた。

それを聞いて、駿は居たたまれない。

ミラティアと同じくライフの少女、ルルナは駿の背後に控え、短刀を握っていた。警戒心を最大限に引き上げて鋭い視線を以てクラスメイトを威嚇している。

「この中にお主人を狙う戯《たわ》けな輩《やから》がいないとも限りませぬ！　ですが、ご安心ください！　このルルナが必ずお主人の身を御守《おまも》り致します！」

色藤第一高校《しきとうだいいちこうこう》。二年B組。

スペル&ライフズのプレイヤーに覚醒した者を集めた色藤島《しきとうじま》で最初に出来た高校であり、生徒のほぼ全員がプレイヤーではあるのだが、もちろん駿を狙う者など居はしない。

「心配するな。授業中に襲われたことなんて一度もない」

「ですが、それが必ずしも今日が平和であることの保証にはなりません」

「…………」

「お主人は、ルルナのことは気にせずいつも通りお過ごしください！」

ルルナは混じり気のない純粋な笑みを浮かべる。

これ以上何を言っても無駄な気がした。

別に今更クラスメイトにどう思われようが構わないのだが、教壇の上で怒りに震えるミナモの圧が恐ろしい。担任の教師であるミナモには、駿の無理な転入を受け入れてくれた恩もあった。さすがに少しばかり罪悪感を覚える。

「ミラ、降りようか。視線が痛い……」

「大丈夫。わたしにはシュン以外の人類は見えていないので」

「何も大丈夫じゃねえな!?」

「こんなこともできる、よ?」

ミラティアはジッと駿《しゅん》を見つめる。ルビーの瞳に吸い込まれそうになる。彼女の息遣いが聞こえる距離。そっと瞳を閉じ、ミラティアは唇を求めてゆっくりと顔を近づけて——。

「——むぐぅ」

駿は、彼女の頬をムギュッと摑《つか》んだ。

「ひゅん……ほれはてれかくひ?」

「ちげえわ。真っ当な抗議だよ」

それを聞いても、ミラティアははて、と首を傾げるのみ。

本当にわかっていないのか、わかっていてやっているのか微妙なラインである。

「おい、愚か者」

ついに教卓からチョークが砕ける音が響く。

「貴様はペットといちゃつくために学校に来てるのか?　あ?」

「にゃん」

視線を逸《そ》らす駿。

空気の読めないミラティアは首を傾げて可愛《かわい》くネコの鳴《な》き真似《まね》をした。

「よくわかった。今日という今日は絶対に貴様を許さないし──」

いつもなら、ミラティアの《幻惑》を使って幻の駿を椅子に座らせ、窓から逃走するところだが……なんて考えて視線を窓にやると、猛スピードで鉄板が差し込まれ、轟音《ごうおん》が鳴る。壁ごと窓が塞がれてしまった。

「絶対に逃がさないからな、桐谷《きりや》駿」

ミナモの指に挟まれたカードが銀色の光彩を放って溶けていく。

教師が授業中にスペルカードを使用するなど許されるのか、などと言えるような雰囲気でもなく、駿は観念して大きなため息を吐《つ》く。

その後、生徒指導室に連行され、大長編お説教を聞かされることになるのだった。

駿がミナモから解放される頃には、太陽はすっかりその身を隠していた。

ミラティア、ルルナを連れて目的地へ向かって歩を進める。

色藤島で一番の賑《にぎ》わいを見せる街、高菓《こうか》区。

街の喧騒《けんそう》を縫って歩き、色藤第一高校の最寄り駅でもある高菓北駅から、電車──もとい旅客含み異能生物である【爆肉筋速走車フライマッスル】に乗り込み、誠背《せいはい》区を目指す。

三半規管の弱い駿は若干の倦怠感《けんたいかん》を覚えながら、窓の外に視線をやる。

そして、三日前の出来事を思い出していた──。

その日は、いや、その日も夕食はルルナが作ってくれていた。

ルルナが来てから、駿の食卓には彩りが増した。

キッチンには様々な調味料が増え、適当な飲み物と加工品しか入っていなかった冷蔵庫が今では野菜や作り置きのおかず類で溢《あふ》れている。駿は今までほぼ自炊などせず、美味《おい》しいもの×美味しいもの＝とても美味しいものだと思っているミラティアも料理には向いていなかった。

ところが、ルルナの料理、特に和食は絶品。

当の本人は「お主人さまのために料理のレパートリーを増やしたいと存じます！　つきましては、洋食を習得しようかと！」と向上心に溢れている様子。

もちろん駿としてはありがたいし、本人がやる気ならば応援してやろう、くらいに思っていたのだが。

「なあ、ルルナ。これはなんだ？」

「日本で最も親しまれているインド料理――カレーライスにございます！」

まず、色が紫だった。

緑ならまだわかる、ほうれん草で作る緑色のカレーがあったはずだ。

だが、紫は聞いたことがない。正面がマグマのようにごぽごぽと発泡しているように見える。何とも表現しづらい独特の匂いが香ってくる。喩《たと》えるならスパイシーな魚の腸。

先ほどまで、駿の膝の上でゴロゴロしていたミラティアはいつの間にかいなくなっていた。何かしらの野生の勘が働いたのかもしれない。

「どうでしょう……？　お主人のために頑張りました！　えへへ」

駿も理解している、ルルナが悪意でコレを生成したわけではないのだと。

この純度百パーセントの笑顔を裏切れない。駿の脳内の食べる以外の選択肢は瞬時に爆散した。

それにしても、料理スキルカンストしているであろうルルナが、和洋のジョブチェンジで、こうなってしまうとは思わなかった。

サバの味噌煮《みそに》を作れる者が、カレーライスを作れないことなどあるものだろうか。

「なあ、ルルナ。俺はルルナの和食が好きだ。無理に洋食を作ろうとしなくてもいいんだぞ？」

「でも、以前は和食しか出ないことに不満を漏らしていたような……」

「……あれは、嘘《うそ》だ」

駿は今、和食のありがたみ、その良さを噛《か》みしめていた。

「ルルナに気を遣わなくてもいいのですよ！　お主人に少しでも快適な日々を過ごしていただくのがルルナの使命でございます！　洋食も完璧に習得してみせましょう！」

「お、おう……そうだな。ありがと、ルルナ」

ルルナの頭を撫《な》でると、ご機嫌そうに尻尾が左右に振れる。

こうなっては仕方ない。ルルナは料理自体が下手なわけではないのだ。洋食に慣れるまで辛抱強く待とうと駿は一人決心するのだった。

「シュン、これ」

すると、ミラティアがやってきて一枚の封筒を渡して来た。

「ポストにはいってた」

不思議に思いながら中を見ると、三つ折りにされた一枚の手紙が入っていた。そこにはとある場所と日付、日時がやけに達筆な字で書かれている。

鶴妓港《つるぎこう》の二番倉庫。現在は廃港状態となっているはずの場所だ。

そして日付は——。

「今日じゃねえか。しかも、一時間後？」

更に、封筒の端に書かれた差出人の名前を見て、駿は心底嫌そうな顔をする。

——愛《いと》しの美少女幼《おさな》馴染朝凪夜帳《じみあさなぎとばり》から愛を込めて♡

朝凪夜帳。駿とはセレクタークラスを共に過ごした仲で、現在はカードショップを営みながら、情報屋としても活動している。プレイヤーとしての実力は本物だが、性悪、邪悪、陰険と人間としての魅力は欠落しており、特に駿を相手にした時に、それは発揮される。あの心の底から無視したい案件だった。面倒なことに巻き込まれるのが確定している。

夜帳が、善意のみで駿を助けようなどということがあるわけがないのだ。

だがしかし。

「無視した時の方が怖えんだよな……」

こうして、駿はミラティア、ルルナを連れて急遽《きゅうきょ》鶴妓港へ向かうこととなった。

バスに乗り込み、鶴妓港近くの停留所で降りる。

潮の香りと、若干の蒸し暑さ。

廃港である鶴妓港に人気はなく、また、人工の光もほとんどない。

煌々《こうこう》と輝く月の下、駿は指定された倉庫へ足を運んだ。

「中に人がいるでございますね」

狐耳をピコピコ動かしながらルルナが言った。

駿は息を殺して窓から中の様子を覗《のぞ》く。

男が十数人。よく見ると、二つのグループに分かれているのがわかる。何かの取引の現場だろうか。夜帳がわざわざ駿を向かわせたということはオラクル関連か、それとも他の意図があるのか。

ただ、ここからでは男たちと十数メートルの距離がある。会話を聞くことはできない。

「状況の把握に努めたいところだが……」

ミラティアの《幻惑》で姿を消して近づくか。しかし、男たちが罠《わな》を張っている可能性も考えられる。例えば、第三者の侵入を知らせる役割を果たすスペル、とか。

と、思考を巡らせていると、目の前から破砕音が響いた。

「……は？」

思わず間抜けな声を漏らしてしまう。

なぜなら、目の前の窓ガラスを割ったのが他でもないルルナだったからだ。ルルナは内側に手を入れて鍵を開けると、窓を開けて窓枠に足を掛けた。

「承知いたしました。ルルナが全員ひっ捕らえて、情報を聞き出してみせましょう！」

「ちょっと待て？　事を荒立てたくないというか……いや、もう手遅れなんだけどさ」

中からは、「なんだ？　侵入者か⁉」「どこから嗅ぎつけて来やがった！」とがなり立てる男たちの声が聞こえる。駿たちの存在は完全に認知された。

「ご安心を。お主人に盾突く不届きものは一人残らず殲滅《せんめつ》致します故」

短刀を構え、エメラルドの瞳を鋭く細める。

安心どころか、不安しかない駿だったが、もう敵の殲滅以外に選択肢はない。

「……じゃあ、うん、頼むわ」

駿の許可が出ると、ルルナは窓枠を蹴り、倉庫内に突入。

「ぐあ――ッ」「ぎゃあ――ッ」と時折短い悲鳴が聞こえてくる。

「シュン、わたしもとても役に立つ。みてて」

グッと両拳を握ると、ミラティアは軽い身のこなしで窓枠を飛び越える。

ルルナの後を追って、戦闘……もとい殲滅に加わるのだった。


Lレアのライフ二人組による殲滅は数分と経《た》たずに完了し、男たちは一人残らず地面に伏していた。駿が足元の男をつま先でつつくと、短い呻《うめ》き声《ごえ》が漏れる。

「あーあ、これマジでどうすんだよ」

せめて、一人ぐらいまともな状態で残してほしかった。

「どうですか！　お主人！　ルルナは戦闘でも役に立つのでございますよ！」

「いや……そもそも戦ってほしくなかったんだけど」

「シュン、わたしは戦っているときもかわいい、よ」

「いや、だから戦わないでよかったんだって……」

駿は大きくため息を吐く。

結局、夜帳の目的はよくわからないままだ。

やはり地面で伸びている男たちに、無理やりでも話を聞くべきだろうか。

「君は……誰だ？」

すると、背後から声が響いた。

開いた鉄扉の前に、制服を着た薄い茶髪の少年と、ゴシックロリータのドレスに身を包んだ少女が立っていた。少女の方は、恐らく精霊種のライフだ。

男たちの仲間か、それとも全く関係のない第三者か。夜帳の関係者か。

「善良な男子高校生Aですって言ったら信じるか？」

駿《しゅん》はホルダーから再びカードを引き抜き、茶髪の少年と交戦に入る。

少女の方は運命シリーズのようで、スキル及びスペルの効果を打ち消すスキルを使ってきた。

しかし、駿はミラティアとルルナ、二体の運命シリーズを使役している。

数分の戦闘の結果——駿たちの勝利。

駿は茶髪の少年を追い詰め、話を聞き出してやろうと迫る。

焦った少年は、慌てて自分が公安部特殊異能課の人間であることを示した。見落としていたが、たしかに腕には公安を示す腕章がある。どうやら本物のようだ。

「公安もオラクルには手を焼いていてね……僕たち、協力できると思わないかい？」

その後、立ち上がった少年は、そう言って駿に右手を突き出したのだった。

駿がその手を見つめて微動だにしないでいると、真琴《まこと》は苦笑いをして手を引っ込める。

「僕は羽風《はかぜ》真琴。公安部特殊異能課臨時特別部隊に所属してる。こっちは、［愚者］ディアノート」

紹介されたディアノートは、眼帯を押さえて何やらブツブツと呟《つぶや》いている。「別に本気じゃなかったし、真の力を解放すれば余裕だったたし……」と聞こえてくる。駿たちに破れたのが相当悔しかったらしい。

「桐谷《きりや》駿だ。なんて自己紹介する必要もねえか？」

「うん、君のことは知ってるよ。有名人だからね」

駿から警戒されているのを察してか、真琴は居心地悪そうに苦笑いを重ねる。

「お主人の従者、ルルナです。不審な動きがあれば即切断致しますのでご覚悟を」

「わたしは恋人。シュンだけの恋人。シュンはわたしが守ってあげるので……ギュッとして？」

そして、駿を守るような位置で真琴に睨《にら》みを利かせるルルナ、駿の腕にピッタリと身を寄せたミラティアが自己紹介を続けた。いや、ミラティアのは自己紹介というには、あまりにも意識の全てが駿へ向いていたが。

「なあ、真琴。お前、どこかで会ったことあるか？」

その薄い茶髪に見覚えがある気がして、問う。

「誠背区《せいはいく》の……いや、ないかな。僕が一方的に知ってるだけだよ」

「そうか。で、コイツらは何なんだ？」

駿は顎をしゃくって、後ろで伸びている男たちを指し示す。

「知らないでここに来たの？」

「とあるクソ女の指示で来ただけで、情報はゼロだ」

「なるほど……？　桐谷君はチャンスアッパーって知ってる？」

「ああ、オラクルが作ったクスリだろ」

プレイヤーがドローする際に高レアリティのカードが出現する確率を上げるクスリ――チャンスアッパーに関する事件は駿の記憶にも新しい。

駿が通う色藤第一高校《しきとうだいいちこうこう》にもクスリをばら撒《ま》かれ、多くの生徒が実際に使用していた。

駿はセレクタークラスの昔馴染《むかしなじ》み、千世《ちせ》の頼みでチャンスアッパーの流通を止めようとした。しかし、全ては千世の策略であり、駿が所持する運命シリーズの［恋人］、［女帝］を奪うための罠だった。

そのおかげで運命シリーズの十八番、［月］ルルナを手に入れることができたので、結果だけ見れば上等なのだが……チャンスアッパーに関する思惑に関しては、オラクルにしてやられた感が否めない。

「うん。目的は達したのか、オラクルはもうチャンスアッパーを配ってはいない。でも、今まで流した物が、巷《ちまた》では高額で取引されてる。それを回収するのが、今回の僕の役目だったんだ」

チャンスアッパーには、スペル&ライフズのカードの使用可能枠が減るという致命的な欠陥がある。恐らく、チャンスアッパーは未完成。

だが、それを差し引いても排出率底上げの効能は魅力的だということだろう。

「だから、君が倒した男たちは、僕たち公安に引き渡してほしいんだ」

「それは好きにしてくれ。別にチャンスアッパーには興味ねえしな」

「それよりも、貴方方《あなたがた》公安と協力するというのはどういうことでございますか？」

いつでも短刀を引き抜ける体勢で、ルルナは真琴を睨みつける。お主人を利用しようというのであれば問答無用で斬ります、と言わんばかりの様子だ。

ミラティアは無言で駿の腕に抱き着いているのみだが、その実、真琴を最大限警戒しているのが伝わってくる。

「そのままの意味だよ。僕たち公安は……いや、臨時特別部隊は、と言い換えた方がいいかな。オラクルを特別に危険視しているんだ。組織の規模は見えず、排出率底上げなんてスペルラのルールを無視したクスリを作れるほどの技術力がある。ハッキリ言って異常だよ」

「……」

「君が持つプレイヤースキルもオラクルの技術力によるものだよね。少なからずオラクルと繋《つな》がりがあると思っ――」

「ねえよ」

真琴の言葉の途中で、駿は確かな圧を以《もっ》て答える。

しかし、先ほどまでどこか頼りない様子だった真琴は、一歩も引くことなく安心したように微笑《ほほえ》んだ。

「うん、そうなんだね。今日、桐谷君と会って、それがよくわかったよ。君は公安の僕以上にオラクルのことを嫌悪しているらしい」

「何が言いてえんだ？」

「簡単なことだよ。敵の敵は味方だ……そうは思わないかい？」

「……」

「相手が違法取引をしていたとしても、スペル&ライフズのカードを使って戦闘行為は処罰の対象だよ、桐谷君。でも、僕は君を咎《とが》めない」

公安が駿を取り締まろうとすれば、正当な根拠は腐るほど存在する。

スペル&ライフズ関連の揉《も》め事《ごと》など日常茶飯事であり、その全てを取り締まるのは不可能だろうが、悪意を以て駿を陥れることは不可能ではない。

「それは、おどし？」

背筋の凍るような声を放ったのは、ミラティアだった。

「嫌だな、そんなわけないじゃないか。僕は君を敵に回したくないし、それは君の方だって同じはずだ。オラクルが疎ましいのも同じ。ほら、互いに利用し合う……そう思ってくれればいいんだ」

駿の当面の目的は運命シリーズの収集だ。

つまり、零番、［愚者］ディアノートを所持している公安とはいずれ刃《やいば》を交えることになる。

だが、それを今すぐに実行するのは悪手に他ならない。

敵はオラクルだけではない。運命シリーズを狙っている組織、或《ある》いは個人は他にも少なからず存在する。以前、キリングバイトで戦ったヘレミアも個人的な目的があるようだったし、夜帳《とばり》にも企《たくら》みがあるはずだ。

「……わかった。いいぜ、乗ってやるよ、その提案」

ただでさえ、最近は目立つ動きの多い駿だ。

ここで更に敵を増やすような真似《まね》はするべきではないだろう。

「ただ、お前らのことは信用してない。オラクル程じゃねえけど、公安は嫌いだ」

「それをわざわざ僕に言うなんて、君は案外優しいね」

「あ？」

「いいんだ。僕だって別に君のことを信用しているわけじゃない。これから、よろしくね」

そう言って、真琴が手を伸ばすと……駿は迷いなくその手を引っ叩《ぱた》いた。

真琴は一瞬、目を丸くすると、困ったような笑みを浮かべた。

「オラクルのことで何かあれば連絡するよ。もちろん断ってもいいし、君も公安の力が必要なら頼ってほしい」

「へえ、それで利用されてくれるのか？」

「うん。オラクル関連のことなら、ね」

真琴の瞳が鈍く熱を帯びる。その言葉には、少なからず彼の個人的な感情が混じっているようだった。

「早速なんだけど、信頼できる色藤島《しきとうじま》の情報筋から情報があってね。三日後にオラクルが大規模な取引をするらしいんだ――」


そして、時は現在に戻る。

電車に乗った駿は、ミラティア、ルルナと共に誠背駅へ降り立った。

誠背区は汚鼠街《おそがい》があるためか、治安が悪く、近寄りがたいイメージが強い。

だが、それもあくまで一部の話で、特に駅の周りなどは飲食チェーン店を中心に賑《にぎ》わいを見せている。

区と言えど、色藤島のそれは本土のものより一つ一つの面積が広い。それぞれ大まかなイメージは付いているものの、区内でも場所により治安も雰囲気も大きく異なるのだ。

「そういえば、夜帳の目的はなんだったんだろうな」

チャンスアッパーの取り引きを止めさせたかったのか、チャンスアッパーその物の回収か……それならば、その指示がありそうなものだが、結局彼らの処遇は公安に任せてしまったし、駿は彼らがどんな組織の人間かも知らない。

「かまってほしかっただけ、とか？」

「あー、でも、アイツあんま無駄なことはしねえからなあ……」

結局、あれから夜帳からの連絡はないままだ。

駿たちは、誠背駅正面のとある喫茶店で真琴と待ち合わせをしていた。

真琴は既に店内に居て、ディアノートと、もう一人の少女と共に二人掛けの席に座っていた。深くフードを被《かぶ》っていて顔は見えないが、身長と胸の膨らみを見るに、恐らく女性だろう。

「ここ、ディアのお気に入りのお店でね。どうしても新作のドーナツが食べたいって言うんだ」

ディアノートは、真琴の隣で一心不乱にドーナツを貪っている。駿たちが来たことにも気づいていない様子で、「人類スゴイ……！　ドーナツヤバい……！」と瞳を輝かせていた。

「桐谷君もゆっくりして行くかい？」

「いや、いい。外で待ってるから、終わったら来てくれ」

そう言ってから、喫茶店を出る……その前に、名残惜しそうにレジ横のショーケースを見るミラティアとルルナにスイーツをテイクアウトした。

しばらくして、真琴《まこと》、ディアノート、謎の少女と合流し、目的地へ向かって歩を進める。

誠背区の汚鼠街《おそがい》と呼ばれるエリアは、色藤島で最も荒廃した場所だと言っても過言ではないだろう。建設途中のビル、整備が諦められたアスファルトの地面、しばしばスペル&ライフズに関する実験場に使われることもあり、居住、滞在するのも荒くれ者ばかり。

駿《しゅん》たちは、その中にある現在は使われていない、研究施設に向かっていた。

「ああ、彼女は更地《さらち》綾葉《あやは》。公安の協力者と言えばわかりやすいかな」

フードの少女を訝《いぶか》しむ視線に気づいたのか、真琴が補足する。

綾葉と紹介された女性は、歩きながら無言で駿に一礼した。

「本当に信用できるのでございますか？」

「うん、公安の臨時特別部隊隊長、美鈴《みれい》さんの紹介だからね」

それを聞いても気を許さないルルナは、駿を守るような位置を陣取っていた。

街の喧騒《けんそう》からは切り離され、息が詰まるような緊張感が漂い始める。

視界に入るのは、目が合った瞬間殴りかかって来そうないかにもなゴロツキばかり。ひび割れたアスファルトの地面の至る所にガラス片が散らばっており、半壊したビルの一角にふと視線をやると、空の注射器が山のように積まれていた。

「これから向かうオラクルの研究施設はね、既に半壊していて本来人なんて入れるような場所じゃないんだ」

「そんなところにお主人を連れて行こうとしているのでございますか!?」

「だからこそ、オラクルに関する重要な手掛かりが残っていると思わないかい？」

「それは……」

「そもそもオラクルの物であると断定できる施設なんてほとんどないんだよ。もし、それが手つかずで残っているのだとしたら……かなりの収穫だ。安心してよ、研究所の調査が今回の任務だからね、君のご主人様が危険な目に遭うようなことはないさ」

それを聞いて、ルルナは「そういうことであれば……」と口元に手を当てて考え込む。

「どうだかな。本当にそうなら、俺を連れてく意味はないはずだ。情報なんて独り占めしたいに決まってるだろ」

「はは、そんなことはないよ」

「荒事があるからこそ、俺が呼ばれたんだと思ってるけどな」

「やはり、そうなのでございますね！　不肖ルルナ！　常に気を張ってお主人を御守《おまも》り致します！」

真琴の後を付いて、駿たちはしばらく無言で進む。

しばらくすれば、煩わしいと思っていた下品な喧騒すら遠くなる。耳に届くのはカラスの鳴き声くらいで、狭い路地を通ると、人の気配など微塵《みじん》も感じられない奥地へと出た。

「ここです。ここが、かつてオラクルが使っていた研究施設の一つ。と、言っても……実際に使用されていたのは、十年近く前ではないでしょうか」

先行していたフードを被った少女——綾葉は立ち止まり、目の前の建物を指差した。

それは、一見ただのビルのように見えた。

恐らく、三階建てだったのだろう。一階に当たる部分が内部から弾《はじ》けており、そのまま自重に押しつぶされるようにしてビルが崩壊している。少し突けば、大崩壊を起こしそうな危ういバランス。人の出入りはなかったようで丁寧な入り口もない。中は塵《ちり》が堆積しているのが見える。

「こんな所、良く見つけたな」

駿は折れた柱を潜《くぐ》るようにして、中に入る。

舞う塵に咳《せき》込《こ》みながら辺りを見渡した。

ここは一階に該当するエリアだろう。研究所というよりは、オフィスのような様相で、中は案外広く、外から見たときほどの悲惨さはなかった。壁際の棚なんて傷一つない状態だし、並べられたディスクの幾つかは、そのまま使えてしまいそうな程だ。

ルルナは慌てて駿を追い、ミラティアも駿の隣にピッタリとくっついている。

「オラクルが証拠隠滅を図らなかったということは、大した物はないのか……その必要はないと高を括《くく》っていたのか」

その後から、真琴もディアノートを連れてビルの中に入ってくる。

十年近く前と言えば、駿がまだ妹の凜音《りんね》や夜帳と共にセレクタークラスに居た頃だ。

駿は綺麗《きれい》な状態で残っている棚を物色し始める。埃《ほこり》を被ったガラス扉を開け、中のファイルを確認していくと……日付順に並べられたファイルの所々が抜けていることに気づいた。

「重要な書類は持ち出された後だから、か」

駿は目についた適当なファイルを手に取り、ページを捲《めく》って中を確認する。

——無能世代《タレントエラー》のプレイヤースキル再適合について。

「無能世代《タレントエラー》……?」

どうやら、実験結果の報告書のようだ。

無能世代《タレントエラー》が何たるかはわからないが、プレイヤースキルという文言だけで駿の興味を惹《ひ》くには十分だった。ここでは、少なからずプレイヤースキルに関係する何らかの実験が行われていたのだ。

そのとき。

「あなたは沢山の屍《しかばね》を越えて力を手に入れた。あなた方が光だとすれば、私たちは影」

しんと熱のない声音が、綾葉の口から響く。

と、同時に真琴の短い呻《うめ》き声《ごえ》が漏れた。

「――ッ!?」

駿が慌てて振り返ると、そこには地面に伏す真琴と、状況把握に努めるルルナ、警戒心を強めるミラティアの姿が目に入った。ディアノートの姿はなし。綾葉の姿も見えない。

「お主人……っ!」

が、気配は背後に。

駿へ手を伸ばすルルナを視界の端に、振り返ろうとした刹那、首筋に鋭い痛みが走った。痛み、そして何かが押し込まれるような異物感。

「ぁ……ぐ」

何か体内に撃ち込まれた? それよりも、いつの間に背後を取られた? そんな疑問を霞《かす》ませるように、駿の思考は鈍化、視界はぼやけていく。

たたらを踏み、棚に激突。首筋の疼痛《とうつう》に表情を歪《ゆが》めながら、駿はゆっくりとフードを取り、ローブを脱ぎ去る綾葉の姿を見ていた。

「私はあなたが羨ましいです。私はついぞ手に入れることができなかった、プレイヤースキルの力が」

高い位置で二つに結われた黒髪。この島の物ではないのか、正式な物ではないのか、彼女が身に付ける白を基調としたセーラー服は見たことがない。

「クソ、公安の言うことなんて簡単に信じるもんじゃねえな」

口ぶりから彼女はオラクルのメンバーだろうか。

とにかく敵であることは間違いない。

横たわる真琴の姿を見るに、一杯食わされたのは公安側も同じというわけだ。

「ミラ……ッ！」

駿は、この窮地を脱するために相棒の名を呼ぶ。

が、いつもの気の抜けた返事は、いつまで経《た》ってても返ってこない。

「……ミラ？」

いつからだろうか、ミラティアの姿が見えない。ルルナもだ。《幻惑》のスキルで身を隠したわけではない。彼女たちの気配が丸っきり消えているのだ。

そのカラクリを看破しようとするも、撃ち込まれたナニカの影響か、上手《うま》く思考が回らない。倦怠感《けんたいかん》に、酷《ひど》い眠気が湧いて出る。

「リセットスタンプ。最近、オラクルのワンドが開発したクスリです。その効果は対象のプレイヤーが刻んだ所有権の強制解除」

綾葉は、ナニカの答えと共にハンコ型の注射器を見せびらかして、不敵に笑う。

「副作用で重度の眠気に襲われるそうですが……敵に使うことを考えれば、むしろ利点ですね」

通常、スペル&ライフズのカードは、二十四時間をかけて、それが自分のものであるという証《あかし》——所有権を刻むことで初めて使用することができる。所有権を刻まれたカードは、そのプレイヤーが所有権を放棄しない限り、他のプレイヤーが所有権を刻むことはできず、所有権を刻めるカードは一度に三十枚までと決まっている。そして、その三十枚のカードの集まりがデッキと呼ばれる。

所有権を強制的に解除されたことで、ミラティア、ルルナの召喚も解除されたということだろう。同じく、駿がデッキとして所持していたカードも全て所有権が解除された状態となる。

つまり今、ミラティア、ルルナは所有権フリーのカードとして存在するはずだ。

「——ッ」

駿は辺りを見渡し、床に落ちた［恋人］ミラティア、［月］ルルナのカードを慌てて回収する。

駿のプレイヤースキル——《限定解除《リミテッドアンロック》》はスペル&ライフズのあらゆる時間的制約を受けないという効果を持つ。これを使えば、二十四時間を待たずとも所有権を刻むことはできる。

しかし、視界は既に不鮮明で、思考もままならない。

ほんの少し気を抜いてしまえば、瞬く間に意識の紐《ひも》は手からすり抜けてしまうだろう。

「……っ、桐谷君《きりや》」

呻きにも似た声に視線をやると、真琴は血が滲《にじ》む程に拳を握り、睡魔に抗《あらが》っていた。今にも失神してしまいそうな顔付きの真琴は、託すように、駿へ向けて一枚のカードを放った。

――［愚者］ディアノート
綾葉に打ち込まれたリセットスタンプによって所有権を強制解除された、真琴の相棒、運命シリーズの一枚だ。

「さすがは、恋人使い《ファントムラバー》に二番目の供物《リバティブーケ》。中々しぶとい。でも、そろそろ限界ですよね？」

「く、そが……っ」

真琴は駿とは違い、再び所有権を刻もうとすれば、二十四時間を要する。つまり、その間に所有権フリーのディアノートを奪われてしまえば、取り戻すことは困難。

駿は、真琴の意図を察して逡巡《しゅんじゅん》……いや、そんな暇などなく迫られた選択肢の片方を即決した。

「なるほど。今回の目的は運命シリーズではないので問題はないですけど、いいようにされるのは腹が立ちますね」

視界の端、軽い身のこなしで綾葉が迫るのが見えた。

駿は《限定解除《リミテッドアンロック》》を使い、デッキケースの中のスペルカード――【簡易テレポート】に一瞬で所有権を刻んだ。

「間に合え……っ」

刻んだ後、即発動。

【簡易テレポート】――プレイヤーが両手で持ち上げられる質量の物質を指定した場所へ転移させる。

駿《しゅん》は、ミラティア、ルルナ、ディアノートを含む自身のカードのほぼ全てを対象に指定。指定されたカードは空間の亀裂に吸い込まれるように、存在を歪ませる。淡い光を帯び、粒子となって消えていく。

そして、駿の意識は途切れ、暗転した。

◇

日は完全に沈み、街は夜の喧騒《けんそう》に彩られる。

ここからが本番。バー、シュヴァルベの書き入れ時である。

「いらっしゃいませ～！」

来店を知らせるドアベルの音に、咲奈《さな》は元気よく笑顔を振りまく。

店主であり、駿の保護者のような存在（なんて言ったら本人は嫌がるだろうが）である鶺鴒《せきれい》の気まぐれで始まったメイド週間も先日終わりを告げ、咲奈は通常の制服を着用していた。

働き始めて一か月程度だと言うのに、既にシュヴァルベの看板娘の風格が出ている。

実際、咲奈の明るくイキイキとした接客は評判が良く、咲奈目当てのお客さんもいるほどだ。

しかし、たった今来店して来た客を見て、咲奈は笑顔を固める。

「い、いらっしゃいませー……」

「きゃー！　咲奈ちゃんかっわよッッ！　メイド服もとってもキュートだったけど、そのネイビーブルーの制服も大いにアリ！　これ買い取れないかしら？　保存用と観賞用と布教用と使用用と使用用と使用用！」

自他ともに認めるシスコンである、姉の那奈《なな》が襲来したのである。

「何に使用するのよ!?」

「知りたい？　咲奈ちゃんがどうしてもって言うなら……」

「知りたくないわよ！」

そんな咲奈那奈姉妹のやり取りを、店内のお客さんは微笑《ほほえ》ましそうに眺めている。常連客の中では慣れたもので、この二人のやり取りも一種の名物のようになっていた。

鶺鴒も「ごめんなさいね、騒がしくて」なんて言っているが、満更でもない様子だ。

「もおおおお！　今日は来ないって言ったじゃない！」

「そうだったっけ……？」

「言ったわよ……！　毎日、毎日、毎日、毎日！　冷やかしなら止《や》めてちょうだい！　私は仕事でここに居るのよ！」

「うん！　私は汗水たらして働く咲奈ちゃんを見るためにここに居ます！」

「だっから、それを止めろって言ってんのよッ！」

「ねえねえ、咲奈ちゃんとチェキを取れるサービスとかないの？　爆売れ間違いなしだと思うんだけど！　そしたら私、毎日通うんだけど……！」

「なんで同じ人類で、ここまで話が通じないの!?」

狂人相手では、どれだけ正論を重ねようが勝つことはできないらしい。

咲奈は額を押さえて項垂《うなだ》れていた。

何度繰り返しても結局姉の勢いに呑《の》まれてしまうのだ。

那奈は無視して接客に戻ろう……そう思って踵《きびす》を返した瞬間。

「わ、なに……ッ!?」

目の前で、銀色の淡い粒子が弾《はじ》けた。

光が弱まると、その正体がデッキホルダーと三枚のカードであることがわかった。

それらは、ちょうど咲奈の手のひらに収まる。

「咲奈ちゃん大丈夫!? なにこれ!? 怪我《けが》はない!? お姉ちゃんに甘えたくなったりしてない!?」

「ええ、それは平気だけど……このカードホルダー、どうしてここに」

見間違いようがない。これは、あの人でなしの先輩、駿のものである。

ケースとは別に出現した三枚のカードを捲《めく》って、咲奈は息を呑む。

「わあ、Lレアが三枚も。こんなの初めて見るね」

［愚者］ディアノート。

［月］ルルナ。

そして、［恋人］ミラティア。

あのミラティアが駿から離れるとは思えなかったし、その逆も然《しか》り。

何より、カードだけシュヴァルベに寄越《よこ》してくるなんて、余程の緊急事態に決まっていた。

「あら、どうしたの？ 咲奈ちゃん」

騒ぎを聞きつけて、バーカウンターの中に居た鵜鴒がやってくる。咲奈が手にするデッキホルダーと三枚のカードを見て、すぐに事情を察したようで、表情を一転させる。

「ねえ、鵜鴒さん。あいつのことだから大丈夫だとは思うけど……駿の身に何かあったってこと……よね？」

鶺鴒は妙にスタイリッシュなポーズで口元に手を当てて、何やら考え込む。

「そうね……テレポート系のスペルでカードだけを寄越して来たってことは、今の駿ちゃんは丸腰のはず……」

いくら強力なプレイヤースキルを持った駿でも、スペル＆ライフズのカードがなければ、普通の高校生と同じ。ミラティアにルルナも居ない状態とあれば、彼を守ってくれるものなど何もないのではなかろうか。

「これは……かなりまずい状況かもしれないわね」

喧騒に包まれる店の中、鶺鴒はぽつりと、そう零《こぼ》した。

Phase.2 女帝召喚——静かなるプリズンブレイク

体が石にでもなったようだ。

固い床の上で眠っていたからだろう。腰や首、体のあちこちが痛む。

最悪の目覚めだ。辺りは薄暗いが、今が何時であるかはわからない。この部屋に時計はない。そもそも、部屋なんて生易しい呼称は相応《ふさわ》しくないだろう。

コンクリートの固い床。キラキラと輝く鉄格子。薄汚れた洋式便器。窓はなく、その他、何一つとて物はない。

この場所を百人に見せたら、百人がこう呼ぶだろう——牢屋《ろうや》、と。

どうやら、駿は綾葉《あやは》と名乗る少女にリセットスタンプを撃ち込まれて気絶した後、ここにぶち込まれたらしい。自分でテレポートさせたから当たり前だが、デッキケースはなく、ミラティア、ルルナの姿もない。

「クソ……ッ、こんなんありかよ」

立ち上がって、苛立《いらだ》ちに任せて鉄格子を蹴り上げた。

「ごめんね。更地《さらち》綾葉についてては本当に知らなかったんだ」

すると、隣から真琴《まこと》の声が聞こえた。

壁に隔てられて視認することはできないが、彼も同じように捕らえられているのだろう。駿より早く目覚めたのか、その声音は冷静そのものだが、心なしか覇気がないようにも思えた。

「別に、そこは疑ってねえよ」

真琴が駿を謀ろうとしたわけではないことくらいわかる。

ただ、あまりにも簡単に公安の言葉を信用してしまったことに対しては悔いていた。結果論にはなるが、もっと慎重に事を運ぶべきだった。

「お！　やっと起きたんスか？　まったく、寝坊助《ねぼすけ》さんっスね～」

コツコツとご機嫌な足音。

場に似つかわしくない、おちゃらけた声音が響き、一人の少女が姿を見せた。

いや、似つかわしくないのは声音だけではなかった。

室内だというのに、スクール水着にサンダルと海水浴でも目立つ装い。胸元のゼッケンには丸文字で「りんご」と書かれていた。しかも、その上から白衣を羽織っており、首からは工業用のゴーグルが掛けられている。

「ち……っ、ふざけた野郎だ」

「野郎じゃないっス！　このナイスなバストを見ても同じことが言えますか！」

少女は頬を膨らませ、胸元を強調するようなポーズを取る。

柔らかな双丘は、少女の腕に押されむにゅんと形を変える。たしかにスタイルはよく、胸も大変豊かに育っている。だが、問題はそこじゃない。

「あ……自己紹介がまだだったっスね！　私は日之館《ひのたち》燐胡《りんご》。オラクルのワンド所属の天才美少女研究者っス！　以後お見知りおきっス！」

燐胡はあくまでふざけた態度で、「仲良くしようっス〜」と言い寄ってくる。

やはり、駿《しゅん》たちはオラクルについて探る過程で、間抜けにもそのオラクルに捕らえられてしまったらしい。

「牢屋にぶち込まれて仲良くもクソもあるか」

「看守と囚人のラブロマンスなんて定番だと思わないっスか〜？」

燐胡が煽《あお》るような上目遣いで言うと、駿は威嚇するように鉄格子を蹴り上げる。それでも、燐胡は特に気を悪くした様子はなく、「やん、怖いっス〜」なんて言っておどけてみせた。

「ねえ、日之館さん。僕たちが連れて来られてから、どれくらいの時間が経《た》ってるのかな」「んー、大体丸一日くらいっス。お二人とも、そんな固い床でよく寝れるっスね」

「ここはどこ？　大まかな場所でもいいから……」

「それは言えないっス！」

「僕たちを攫《さら》った目的は？」

「一つは、うちのお姫ちんのためっス。どうしても、会いたいって言うから。やん、りんごちゃん友達想《おも》いっス～」

真琴は、燐胡に対して冷静に質問を重ねていく。

燐胡は、けらけらと笑いながらも、案外素直に答えてくれた。

「俺たちの運命シリーズが目的じゃないのか？」

「違うっスよ。まあ、手に入るなら貰《もら》っとくっスけど、二人の手元にはないと綾葉に聞いたんで、それなら仕方ねっス」

「信じられねえ。何が何でも……喉から手が出るほど欲しいって感じだったけどな」

先日のチャンスアッパーの一件で、千世《ちせ》は駿の［恋人］と［女帝］を狙っていた。

チャンスアッパーをばら撒《ま》いたのも、運命シリーズの顕現を早めるためだと聞いた。

なりふり構わず運命シリーズの回収をしている、とまでは言わないが、駿と真琴を狙う理由など、それが一番に思い当たる。

「んー、オラクルも一枚岩じゃないんスよ。血の気の多いソードの連中は、何か急いでるみたいっスけど、私はそこまでキョーミないっス」

「…………」

「あ、その目、まだ信じてないっスね！　オラクルと言っても、部署ごとで結構違うんスよ？　私らワンドは所謂《いわゆる》研究者！　チャンスアッパーも私たちが作ったっス！」

燐胡は、どうだすごいでしょ！　と言わんばかりにドヤ顔をしてみせた。

「最近は、ネームドライフの進化について研究してるっス！　浪漫《ろまん》あるっスよね～、でも、まだサンプルが一枚しかないので大変っス！」

「ライフが進化……？」

「おっと、これは言っちゃいけないヤツだったっス！」

燐胡はわざとらしく口を塞いでおどける。

「ということで仲良くしようっス！」

燐胡が笑顔で右手を差し出すと、駿はその手を思い切り叩《たた》き落とした。

忌々しそうに鉄格子を摑《つか》んだ駿は、キョトンとした燐胡を睨《にら》みつける。

「なら、この居心地の悪い部屋から出せよ」

「そんな猛獣みたいな眼《め》で睨みつけられて、うん、とは言えないっス。ほら、凶暴な獣は檻《おり》の中へ～」

燐胡は両手の人指し指で駿を指すと、けらけらと笑った。

「どうしても出たいって言うなら自力でお願いするっス。おしっこで徐々に鉄を溶かしていく方法とか、スプーンを隠し持って穴を掘る方法とかが定番っスよ！」

言って、燐胡は白衣のポケットから取り出した銀のスプーンを牢屋の中へ放る。

駿を嘲るようにカランと乾いた音が響き、一本のスプーンが床を転がった。

駿と真琴の監視に綾葉が現れた。

彼女こそが駿たちにリセットスタンプを撃ち、この牢屋へぶち込んだ実行犯の少女だ。綾葉は燐胡と同じくオラクルのワンド所属のようで、一時間に一度の頻度で様子を見に来る。白を基調としたセーラー服を着用していた。どうやら、スク水+白衣スタイルがワンドの制服なわけではないらしい。

「何見てるんですか。土下座して頼んでも出してあげませんからね」

「別にお前にそんなことしねえよ。大した権限も持ってなさそうだしな」

「な……っ、なんて失礼な！　あなたたちのご飯を持ってくるのも私の仕事です！　いいんですか！　そんな口を利いて！　知りませんよ！」

「……ちっ」

「一緒に居たのは少しの時間だけだけど、更地さんってすごく優秀だよね。行動に無駄がないし、きっとここでも重宝されてるんだろうな」

それを聞いた真琴が、探り探りといった様子で口を開く。

「テメエ、プライドはねえのか！　思ってもないことを……っ！」

「思ってないなんて酷《ひど》いな。僕は素直な感想を述べただけ……だよ」

多少の罪悪感はあるのか、言葉は尻すぼみになっていた。

「ほほう。羽風《はかぜ》さん、あなた中々見る目がありますね……！　仕方ないですね、今晩のご飯は少しだけ豪華にしてあげましょう」

しかし、綾葉は気をよくしたようで、軽い足取りで真琴の方へ向かう。

「本当かい!?」

「ええ、私は優秀ですから。肉と魚どちらが好きですか？」

「どちらかと言えば魚かな」

「では、お寿司《すし》を頼んでおきますね」

「なあ、俺は……」

「あなたは余ったガリで十分です」

手遅れを悟りながらも一縷《いちる》の望みにかけた駿の一言は、あえなく撃沈。

「このクソガキが……ッ、ツインテールの女なんてみんなろくでもねえな！」

「はあ？　私のチャームポイントになんてこと言うんですか！　醤油《しょうゆ》も付けてあげようと思ったのに、あなた本当に今晩はガリだけですよ！」

鉄格子の間から手を伸ばして、口汚く罵る駿。

綾葉は、どこぞのツインテ娘よろしく触角を逆立てて逆上する。

「醤油でありがたがるかよ！」

「日本人の心がないんですか！　醤油ですよ、醤油！」

「なんだその絶対的な信頼感！　いらねえわ！」

「ふんっ、あなたなんてガリだけ食べてガリガリになっちゃえばいいんですよ！」

「…………」

「な、なんですかその目は！　なんなんですか！　何か言いなさい……ッ！」

しらっとした視線を向ける駿に、ゆでだこのように顔を真っ赤にする綾葉《あやは》。

こうして、駿の貧しい牢獄《ろうごく》生活が幕を開けたのだった。


その日、駿の食事は本当にガリのみだった。

しばらくすると、廊下の電気も消え、暗闇に包まれる。

相変わらず今が何時かはわからないが、特にやることもないので眠ることにした。

寝具と呼べる物は、一枚の毛布のみ。牢屋だとしても、寝床くらいあるだろ！　と抗議したところ、コレが寄越《よこ》された。

ちなみに、隣の真琴《まこと》は布団にタオルケット、毛布に枕までついていた。酷い格差である。

毛布に包《くる》まると、固い壁にもたれて瞼《まぶた》を閉じる。

意識は落ちる、水底に引きずり込まれるように。

意識は沈んだ、既に水面を見上げ手を伸ばしているように。

意識は、無意識に夢の中を揺蕩《たゆた》う――。

暴力に対する恐怖と聞けば、とても陳腐な脅威に思えるだろうが、やはり幼い頃の傷というのは呪いのようなもので、ふとした時に強く思い起こされるのである。

両手両足の自由は利かず、口を開くこともできず、人工の痛いばかりの光に照らされている。それが駿のセレクタークラスでの日常だった。

実験室。磔《はりつけ》にされて、マスクと白衣の男数人に囲まれる。

何度、体に穴を開けられたかわからない。

開かれて、除かれて、或《あ》いは植え付けられて……実験体としての日々を過ごす。

自分は大丈夫だ！　全然怖くなんかねえ！

妹の前では、そう強がるしかできなかった。

強がることができたのは妹のおかげで、そうでなければ、どこかで心が折れていたかもしれない。

痛みと倦怠感《けんたいかん》と、恐怖。

今、自分の身体《からだ》がどうなっているのかもわからない恐怖。

いつまでこの生活が続くのか、未来への不安。

日々減り続けるセレクタークラスのメンバー。次は自分が処分されるかもしれない。

ずっと、極限のストレス状態にあった。気を張っていた。妹を守れるのは兄である駿だけだから。

結局、守れなかったけれど。
礫にされて、大人の大きな手が迫る。
そして、今日も体を開かれる――。
「ぶ、がはぁ――ッ」
急に引っ張り出されるように、駿の意識は覚醒した。
酸素を求めて咳込《せきこ》む。体中が汗でびちょびちょで、呼吸は荒い。
辺りを見回して、オラクルに捕らわれて牢屋にいることを思い出した。
「はあはあ――ッ」
久しぶりの感覚だ。久しぶりにセレクタークラスの頃の夢を見た。
プレイヤースキルが発現する前で、特に実験が酷かった頃の夢だ。
本当に、ここ何年かは悪夢なんて見なかった。
ミラティアと過ごすようになってからだ。
彼女が隣に居てくれるようになってから、駿はうなされることもなくなっていた。
「……ミラ」
思わず彼女の名が零《こぼ》れて、駿は慌てて口を噤《つぐ》んだ。
ミラティアがいないというだけで、情けない。
ミラティアがいないというだけで、こんなにも心細いものなのか。

思えば、彼女と出会ってから二十四時間以上離れ離れになったことなどなかった。

「クソ……依存してんのはどっちだよ」

湿った毛布を鉄格子へ向かって投げ、大きく息を吐く。

呼吸が落ち着いてきたところで、隣から声がかかった。

「大丈夫？　毛布と枕くらい分けてあげたいんだけど……そっちまでは手が届かなくて」

「平気だよ。てか、起きてたのかよ」

「うん、中々眠れなくて……桐谷《きりや》君はすごいね。図太いというか……」

「布団まで用意されてて寝れねえ方がすげえよ」

それを聞いて、真琴は気まずそうに苦笑する。

別に真琴を貶《けな》したい意図はなかったが、今の駿《しゅん》は少々気が立っていた。

しばらくの間、沈黙が場を支配する。

それを破ったのは、駿の方だった。

「お前は、どうして公安にいるんだ」

真琴が息を呑《の》む音が聞こえる。

駿の方から質問を投げられるとは思っていなかったのだろう。

「どうして、か。中々難しい質問だね」

しかし、真琴はその問いに対して、ゆっくりと丁寧に答えを考える。

「僕は正しいことをしたかったんだ」

「はあ？　なんじゃそりゃ」

「うーん、それが僕の中で凄《すご》く重要なことだったんだ。正しさの基準は置いておくとしても、色藤島《しきとうじま》はお世辞にも清廉潔白な場所だとは言えないよね。ちょうど、ここがそうであるように」

真琴は、昔を懐かしむようにぽつぽつと語り出す。

「悪を断罪すれば……それは間違いなく正しいことだと思ったんだ。だから、悪いと思うヤツに制裁を加えた。ディアと一緒にね。でも、僕一人の善悪の物差しなんて曖昧な基準が正義足りえるはずはなくて、恨みばかりを買っていたよ。当時の僕は公安なんてわかりやすい立ち位置でもなかったから」

「……」

「その頃には、自分が何をすべきなのかわからなくなっていて……とある大きな事件に巻き込まれたんだ。そこで、今の臨時特別部隊の隊長——美鈴《みれい》さんに出会って救われた。美鈴さんが導いてくれた……なんて生易しいものじゃなかったけど、たしかにあの時、僕は救われたんだ」

見えなくとも、真琴の穏やかな顔が想像できた。

真琴には己が進むべき道が見えていて、少なくとも、自分が戦う理由について苦悩してはいないのだろう。

「だから、僕が公安に居るのは、美鈴さんが居るから……かな」

「そっか。そりゃ、羨ましいな」

「羨ましい……？」

「いや、何でもねえ。公安は運命シリーズを集めようとしてるのか？」

「してないよ。むしろ、運命シリーズが集まらないようにするのが、僕たちの目的かな」

「集まらないように……？」

「［世界］なんて、顕現させるべきじゃないんだ」

　この世に二十二枚ある運命シリーズの内、零番から二十番までの二十一枚を集めると、顕現するとされている最後の運命シリーズ——それが［世界］のカードだ。

　ヘレミアは、［世界］を手に入れることができれば、何でも願いが叶《かな》うと言っていた。

　それが何らかの比喩的表現か、本当に万能の機能なのかはわからないが、スペル＆ライフズの中でも類を見ない人知を超えた力を持つカードであることは間違いない。

　しかし、駿の中の［世界］への認識はその程度のものである。

「君は？　桐谷君は、どうしてそこまでオラクルを敵視しているの？」

［世界］について問い詰めようとするも、真琴の有無を言わさぬ声音に、タイミングを失ってしまう。

「……妹がオラクルに囚《とら》われてるんだ」

凛音《りんね》がオラクルに居るというのは、先日千世《ちせ》から聞いたことだ。

千世は凛音のことを友達だと、自分だけは一緒に居てあげたいのだと言っていた。

結局、千世が最初に依頼して来たチャンスアッパー拡散の阻止は偽りで、本当の目的は［恋人］と［女帝］を奪うことだったわけだが……千世が言った凛音に関する言葉は、とても嘘《うそ》のようには思えなかった。

「妹を救い出す。そのために、俺は運命シリーズを集める」

その宣戦布告とも捉えられる一言に、真琴がどんな表情をしたのかはわからない。

「そっか、見つかるといいね。妹さん」

しかし、真琴は慈しむような声音で、そう言ったのだった。

◇

［恋人］、［月］、［愚者］のカード及び、駿のデッキケースがシュヴァルベに転送されてきてから、二日が経《た》った。

その間、駿がシュヴァルベに顔を出すことはなく、家にも帰っていないようだった。

間違いない。駿の身に何かあったのである。

そして、その事情をしり得る人物は、常に彼の隣に居る少女――ミラティア。

緊急事態だと思い、咲奈《さな》は二十四時間をかけてミラティア、ルルナに所有権を刻んだ。

「……うぅ、またミラちゃんに嫌われないかしら」

閉店後のシュヴァルベにて、咲奈は［恋人］ミラティアのカードを見て頭を抱えていた。

一時的な措置であるとは言えど、駿以外がマスターになるなどミラティアにとっては耐え切れない屈辱に違いない。

ただでさえ、ミラティアからいい印象を持たれていないような気がするのに、これ以上好感度が下がるのはごめんだった。

「仕方ないわよん。そんなこと言ってる場合じゃないでしょう」

「そうよね。さすがのミラちゃんも理解してくれるわよね」

「それに嫌うほど咲奈ちゃんに興味ないと思うわよ。あの子」

「鶺鴒《せきれい》さん!?　笑顔で何てこと言うのよ！」

それから、咲奈は意を決して、ミラティアとルルナを召喚。

虹色の光彩が弾《はじ》け、それは完璧に調和が取れた人型と成る。

運命シリーズ六番、［恋人］ミラティア。

同じく十八番、［月］ルルナが顕現した。

「……さいあく」

喚《よ》び出されるなり、ミラティアは咲奈を見て心底嫌そうな顔をした。

それは咲奈に召喚されたことを指してか、駿に何かあってのことか……後者だと願いたいものである。

「咲奈殿……？　ここは……いえ、なるほど、そういうことでございますか。意図を汲《く》んでの召喚、感謝いたします」

ルルナの方は冷静そのもので、咲奈を見て軽く会釈をした。

普段からも咲奈とルルナの仲は比較的良好で、二人でカフェ巡りをする仲である。

なんにでも瞳を輝かせて興味を持つルルナは非常に可愛《かわい》らしく、また、末っ子の咲奈は妹というものに憧れがあった。元来の面倒見のいい性格も相まって、中々相性の良い二人となっている。

「ルルナちゃん！　ねえ、何があったの！　駿は無事なの!?」

「無事……かはルルナにはわかりかねます」

そう言って、ルルナは悔しそうに目を伏せる。

「大変だったのね。落ち着いたらでいいの。駿ちゃんに何があったか、わかるところまで教えてくれるかしら？」

鶺鴒は二人を落ち着かせるように優しく笑うと、ホットミルクを差し出した。

「ご厚意感謝いたします。そうですね。では、まず先日の鶴妓港《つるぎこう》での一件から――」

ルルナはホットミルクに口を付けながら、滔々《とうとう》と語り始める。

夜帳《とばり》からの手紙で鶴妓港の廃倉庫へ行き、チャンスアッパーの取り引きをする集団を叩《たた》きのめしたこと。そこで、公安の臨時特別部隊所属だという男、羽風真琴《はかぜまこと》に出会い、オラクルに関する事件でのみ手を組むことを約束したこと。

後日、真琴と真琴が連れて来た更地綾葉《さらちあやは》という少女の案内で、オラクルがかつて使用していた研究室に調査へ赴いたこと。

「そこで更地綾葉が羽風真琴に何やらクスリを撃ち込んだようで……その後、彼女は同じようにお主人に迫りました。そこでルルナの記憶は途切れています」

「記憶が途切れた？」

「ルルナにもよくわからないのでございます。気づいた時には、カードに戻っていたようで……。その後、お主人に何があったかは、具体的には……」

「……そう、なのね」

「リセットスタンプ」

今までほぼ言葉を発さなかったミラティアが、ぼそりと呟《つぶや》いた。

手元のホットミルクを見つめ、無表情を僅かに曇らせる。

「……へ？」

「使われたクスリの名前。強制的に所有権を解除する、オラクルが作ったクスリ」

「あ、なるほどでございます。ディア殿の姿が見えなくなったのもそれで……その場でカードに戻ったのでございますね」

「リセットスタンプを撃たれると、すごい眠気におそわれる。だから、シュンはその場でねちゃった、はず」

「そしてお主人が最後の力を振り絞って、ルルナたちをここに送った、と」

ルルナの言葉に、ミラティアはこくりと頷《うなず》く。

「ねね、どうして、それをミラちゃんが知ってるの？」

咲奈の当然の疑問にミラティアはそっぽを向く。

まあ、今はそんなことは重要ではない。知名度のあるクスリでそれ自体は駿が知っていたかもしれないし、過去に一度見たことがあるのかもしれない。

「えっと、それで……その更地綾葉って子は、結局オラクルだったってこと？」

「恐らく、そうだと思われます。ただ、ミラ殿にディア殿、ルルナが奪われていないとなると、目的は何なのか……」

「うーん……あまりにも手掛かりが少な過ぎるわね」

項垂《うなだ》れるルルナ。咲奈は口元に手を当てて、考え込む。

しかし、当然のように都合のいい打開策など閃《ひらめ》きはしなかった。

「ミラちゃんは何か知ってたりしない……？」

「ありえない……こんなところでシュンがつかまるなんて、おかしい」

ミラティアはホットミルクを飲み終わると、酩酊《めいてい》しているようにふらふらと店の奥まで移動する。その小さな背中からは、どよーんとした黒いオーラが放たれていた。

「……シュンニウムが足りない」

「何その体に悪そうな元素……」

「これが不足すると……わたしはしぬ」

今のミラティアを見ていると、そんなわけあるか！　とも突っ込めなかった。ミラティアの死因で一番有り得そうなのは、駿《しゅん》不足かもしれない。

ミラティアは、指定した空間に実体のない像を映し出すスキル――《幻惑》を使い、駿の姿を作り出していた。寸分違わぬ出来で、まるで本物と見分けがつかない。細かなところまで製作者のこだわりが反映されていることが窺《うかが》い知れた。

「シュンと二日も離れるなんてたえられない……シュン、シュン……？」

そして、ついにミラティアは自分で作り出した駿と話し始める。

「末期症状ね……早く何とかしないと本当に危険かもしれないわ」

「……お主人！」

ピンと狐耳《きつねみみ》と尻尾を立て、ルルナも幻影の駿に反応する。

軽い身のこなしで駿（偽）の下へはせ参じると、膝を付いて首を垂れる。

「すみません、お主人……！　ルルナがついていながら、ルルナがついていながら、お主人を危険な目にいいいいい！」

「……ああ、まともだと思っていたルルナちゃんまで」

「ルルナは従者失格でございます……お主人が望むならルルナは腹を斬る覚悟……しかし、その前に必ずやお主人を救い出してみせます！　この命に代えても！」

「末期患者が二人……どうするのよ、これ」

ミラティアとルルナには、既に駿（偽）の姿しか見えていないようで、怒濤《どとう》の勢いで喋《しゃべ》りかけていた。もはや宗教の域である。

「わたしにはわかる。シュンは今ごろとてもさみしがっている」

「お主人！　ご飯は三食食べられていますか！　快適な寝床は用意されているでしょうか……！」

「シュンの体温が恋しい……ギュッてしたい……」

「ああ……ルルナが早くお世話してあげたいでございます……！」

店の一角では別の世界が広がっていた。何とも形容しがたい酷《ひど》い状況である。

「もおおお！　ほんっと何してんのよ、アイツ！　これどうにかしなさいよ！　早く戻って来なさいよおおお!!」

◇

翌日。

駿と真琴は間抜けな掛け声に叩き起こされる。

「てんててれれ～、たんたかたらら～、一、二、三、四……五、六、七、は～ち」

寝ぼけ眼を擦《こす》り鉄格子の向こうを見やると、燐胡《りんご》が音源を口ずさみながらラジオ体操を始めていた。頬をつねったが、痛みはあった。残念ながら現実らしい。

「お、やっと起きたっスか！　ほら、一緒に！　ラジオ体操で健康的な朝を迎えよっス！」

「こんな固い床で寝かされて、健康的もクソもあるか！」

ラジオ体操をさせる前に、配慮すべき点は山のようにある。

「うーん、布団を渡すよう綾葉には言ったんスけどねえ。そこは私の管轄じゃないので知らねっス」

「いいや、お前が上司ならお前の責任だ」

「これは手厳しいっス。まあ、こういう時は体を動かして忘れるに限るっスよ。はい、もう一度最初から！　オラクルの施設内は著作権が厳しいから、私が歌うっス！」

そう言って、燐胡はスク水＋白衣姿で再び前屈運動を始めた。

「あ、今の突っ込むところっス～！」

「ああ、もう、色々うるっせえ。誰がやるか」

「えー、羽風さんの方は、さっきからノリノリなのに」

燐胡は体操を続けながら、不満そうに唇を尖《とが》らせる。

どうやら、隣の真琴は律義にラジオ体操に付き合っているらしい。

「クソ、バカらしい」

駿は手元のスプーンを手に取ると、燐胡の顔面目掛けて投げつけた。燐胡はブリッジをすることで、それを器用にかわす。研究者だと言っていたが、無駄に身体能力が高かった。

「ちょっと！　危ないじゃないっスか！　スプーンは投げる物じゃなくて、曲げる物っスよ！」

見当はずれなツッコミに、駿の苛立《いらだ》ちは募るばかり。

追い打ちだと言わんばかりに、燐胡はスプーンを拾い、ぐにーんと曲げて見せた。


ここまでで、脱出の手がかりはゼロ。

わかったことと言えば、駿と真琴の他に繫囚《けいしゅう》はいないことくらいなものだった。

ここがどこであるかもわからず、燐胡と綾葉以外の人物を見かけてすらいない。

施設の内部情報がなく、スペル&ライフズのカードも使えないのだ。もし、牢屋《ろうや》を脱せたとしても、この施設内から逃亡できる確率は限りなく低いだろう。

「てれれてってて～♪　メロンパン～！　これが今日のお昼ご飯っス！」

燐胡は、どこぞのスーパーで売っていそうなスカスカのメロンパンを取り出した。

そして、袋を開けると、自分で食べ始めた。

「うん～！　美味《おい》しいっス！　このチープな味が癖になるっスねえ」

「なんでテメエが食ってんだよ！」

「おっと、つい……！　はい」

言うと、燐胡は食べかけのメロンパンを駿に寄越《よこ》してきた。

「いや、新品持ってこいや」

「なんでっスか？　美少女の食べ掛けっスよ？　ホントは嬉《うれ》しっスよね？　ね？」

「黙れ、俺はお前のような頭のおかしなヤツを美少女だとは認めない」

「オラクル一の頭脳を前にして、頭がおかしいなんて……！　私のどこがおかしいって言うんスか！」

「脳天からつま先まで全部だよ！」

スク水に白衣を羽織った研究者のどこを見てまともだと言えるのか。

「ねえ、日之館《ひのたち》さん。もう少し貰《もら》えたりするかな」

「アンパンならあるっスよ～」

「ありがとう、助かるよ」

真琴《まこと》はというと、一つ目を平らげた上に、おかわりを要求していた。

駿とは別のベクトルで図太いヤツである。

「クソ、いいよ。それ寄越せよ」

結局、駿は食べかけのメロンパンを受け取った。

毒味が済んでいると考えれば、これも悪いものではないだろう。

「なあ、結局、俺たちは何のために捕らわれたんだ。いつまでここに居ればいい？　俺たちを出す気はないんだよな？」

今のところ、燐胡は駿たちに何かする様子も、何かさせる様子もなかった。

拷問に掛けられる未来だって想像していた駿としては、少々拍子抜けだ。

「いっぺんに色々言われても困るっスよ～。とりあえず……私は出す気はないっス。別に閉じ込める気もそんなないっスけど」

「……はあ？」

「そんで何のために……という問いには前も答えたっスけど、重ねて言うとすれば、桐谷《きりや》駿と羽風《はかぜ》真琴なら使い道は結構多いっス。新しいクスリの実験台にするとか、運命シリーズは仕方ないとして……でも、引き寄せるエサくらいにはなるっスかね。あと、二人に恨みを持つ者はオラクル内にも多いから、内部政治とかでも色々使えそっス！　燐胡ちゃん大出世！」

燐胡は新しく取り出したクリームパンを食べながら、つらつらと語ってみせる。

自分の想像以上に、桐谷駿は有用な手札らしい。

こうなると、燐胡に駿たちを逃がすメリットはほぼないと言えるだろう。

「なるほど、ね。なあ、一つ聞いていいか？」

「聞くだけならタダっス。ていうか、さっきから気にせず聞いてるじゃないっスか」

「桐谷凜音《りんね》はオラクルにいるのか……？」

「ああ、桐谷くんは、いちおー凜音ちゃんを助けるのが目的っスもんね」

燐胡はクリームパンを食べ終えると、チョココロネを取り出して口に運んだ。

「いるっスよー。めちゃくちゃ元気っス」

燐胡は勿体《もったい》ぶることなく、あっさりとそれを口にした。

千世《ちせ》から聞いていたものの、確信は持てなかった。

だが、凜音はやはりオラクルにいるのだ。少なくとも、生きてはいる。

「無事なのか？　どこにいるんだ！　凜音は今何をしてるんだ？　なあ！」

駿は鉄格子を力強く握り込み、燐胡を問い詰める。

「んー、どうっスかね～」

しかし、燐胡は先ほどまでのふざけた態度が嘘《うそ》のように、心底興味がなさそうで、というより、そう努めているようにも見えて……チョココロネをちびちびと食べながら答える。

「ていうか、スゴイ必死っスけど、君は本気で凜音ちゃん救い出す気あるんスかぁ？」

「……は？」

「いやー、私も桐谷くんのことは一通り調べたので色々知ってるんスよ。セレクタークラスの出身で、プレイヤースキルを持っていて……四年前のセレクタークラス崩壊で凜音ちゃんと離れ離れに。その後、運命シリーズの六番、［恋人］を手に入れて、妹の手がかりを追って奔走している、と」

「……それがなんだよ」

「うーん、覚悟が足りねっス。復讐心《ふくしゅうしん》が足りねっス。努力が足りねっス」

燐胡はチョココロネを食べ終えると、同じ人とは思えない鋭い視線を以《もっ》て言った。

「……っ」

「桐谷くんがこんなに何も知らないとは思ってなかったっス」

オラクルの名前を突き止めたのも最近だなんて笑えるっス、と燐胡は肩を竦《すく》める。

「何で今の今までオラクルが桐谷くんを放置していたかわかるっスか？」

オラクルは運命シリーズを集めていて、駿《しゅん》が［恋人］を所持しているのは周知の事実だったのに。元セレクタークラスの実験体で、プレイヤースキルが発現した貴重なサンプルなのに。オラクルの敵であるはずなのに。ただの一高校生であるはずなのに。

「桐谷駿程度いつでも、どうとでもできるから」

駿が口を開く前に、燐胡は人指し指を立てて、答えを口にした。

「実際、研究者集団であるワンドなんかに捕まってるっス。情けなくて鼻水出るっス。なーんか妙に強気っスけど、これで君の人生はおしまい……とか、全然あり得るっスよ？」

燐胡の物言いに、駿は奥歯を噛《か》みしめ、強く拳を握る。

何も言い返せなかった。口を開けば、今以上に惨めになるからだ。

「朝凪夜帳《あさなぎとばり》がいなければ、君なんてとっくに死んでるっス」

燐胡は二本目の指を立てて、言葉を続けた。

「は……？　なんで、ここで夜帳の話が出て来るんだよ」

「いつでも捕らえられると言っても、桐谷駿を回収したいと思う勢力は存在したっス。今の君ならまだしも、［恋人］もいない頃なら恰好《かっこう》の的で、実際、オラクルとの戦いはあって……まあ、君はそれがオラクルだとも気づいてなかったみたいっスけど。本気で全部自分の実力で退けてきたと思ってたんスか？」

「何を言ってるんだ……？」

「運よく、自分の力で何とかできる程度の敵だけと遭遇したと思ってたんスか？」

「夜帳が何してたってんだよ!?」

「恋人使い《ファントムラバー》なんて二つ名が出回ってて、それだけの知名度があったのに」

「お前は……どこまで何を知ってやがる……？」

ただの頭のおかしな研究者だと思っていた。

おかしな恰好をした、ふざけたヤツだと、そう思っていた。

それなのに、途端に得体の知れない恐ろしい怪物のように見えて仕方がない。

「プレイヤースキル、チャンスアッパー、リセットスタンプ……君が知ってるのはこんなところっスかね。色藤島《しきとうじま》の健全な研究施設に比べて圧倒的な技術力。設備。資金。どうしてオラクルがこれだけの力を持てるのか、不思議じゃないっスか？　一度も疑問を持たなかったんスか？　目を逸《そ》らして来たんスか？」

燐胡は白衣のポケットに手を入れ、ジッと駿を見る。

「そんなの……っ」

そんなことはわかっている……わかっていて、それでどうしろと言うのだ。

身一つでオラクルと敵対して、凜音を捜し出そうとして、他にどうしろと……。

「オラクルは君が思ってるより巨大で凶悪で、常識の範囲外にある異常な力を備えた組織なんスよ」

「そんなことくらいわかって……」

「君は、もう少し自分の現在地を自覚した方がいいっス」

いや、違う。わかっていなかったのだ。

強く、強く拳を握る。腸《はらわた》が煮えくり返りそうだ。

——覚悟が足りねッス。復讐心が足りねッス。努力が足りねッス。

これだけ腹立たしいと感じるのは、燐胡《りんご》の指摘が的を射たものだと認めてしまったからだ。反論できるほどの結果を駿が残していないからだ。牢屋の中から吠《ほ》えたとて、それは畜生以外の何に映るというのか。

「私がその気ならここで君は終わりッス」

そう言い残すと、燐胡は背を向けて去っていった。

「クソ――――ッ！」

駿は怒りのままに拳で鉄格子を殴りつける。

ただ己の拳に血が滲《にじ》むのみでビクともしない。

この苛立ちと無力感の一片だって晴れることはなかった。


今日は、駿の分の夜ご飯もきちんと用意されていた。

ぱっと見は廃棄寸前のコンビニ弁当だが、ガリに比べたらなんだってありがたい。

「いらねえ」

しかし、廊下側に背を向けた駿は、弁当を一瞥《いちべつ》し、突っ撥《ぱ》ねる。

瞑想《めいそう》でもするかのように、胡坐《あぐら》をかいてジッと壁を見つめていた。

「なんですか！　今度はちゃんとしたお弁当ですよ！　昨日本当にガリだけだったから

怒ってるんですか……!?」

四年だ。四年間も凜音を捜し続けていた。オラクルという名前を知ったのは、咲奈《さな》との一件があったからだ。もし、咲奈と出会えていなければ、駿はもっと長い間足踏みをしていたかもしれない。

別に手を抜いていたつもりはないし、自分なりに努力はしてきたつもりだ。

いや、本当か？　本当にそうだったか。不幸にかまけて己を正当化しようとはしていないか？　燐胡に責め立てられ、そんな疑問が胸中を渦巻いていた。

ミラティアとルルナがいる安心感から警戒を怠った現状がこれだ。

自分は優秀で、強く、望めばなんだってできると高を括《くく》ってはいなかったか。

大した成果も出していないくせに、雑兵を蹴散らしていい気になってはいなかったか。

目的を忘れてはならない。

あの日の絶望を、恨《うら》み辛《つら》みを忘れてはならない。

もう一度、己の心の奥深くに覚悟を埋《うず》めなくてはならない。

恐怖も、怯《おび》えも、怒りに変えて一人でも立って強く歩けるように――。

しばらくして――気づけば綾葉《あやは》も居なくなり、消灯の時間を迎えていた。

再び、静寂と暗闇の冷たい時間が訪れる。

「おい、真琴。そろそろ出るぞ」

「やけに自信満々だね。ずっと静かにしてるから、そのまま心が折れちゃったのかと思ったよ」

「んな楽できるわけねえだろ」

ここで折れて、誰が凛音を救い出すというのか。

不幸や無力感に酔っている暇など、今の駿にはないのだ。

「でも、自信はねえ。ただ、分の悪い賭けじゃないと思ってる」

「僕は何をすればいいんだい？　一応、昨日今日の分のドロー権は使ってあるよ。脱出に役立つようなカードは出なかったけど……」

「所有権は？」

「刻んでないよ。君がいるからね」

「そりゃ、助かる」

駿のプレイヤースキル《限定解除《リミテッドアンロック》》があれば、本来二十四時間かかるところを、一瞬で所有権を刻むことができる。使えるカードの組み合わせにもよるが、そちらの方が自由度は上がる。

「ちなみに、お前は何もしなくていい」

駿は唯一、転移させず隠し持っていたカードを取り出す。

鮮やかな虹の輝きを瞳に映し、ほくそ笑んだ。

「了解。ああ、でも、ご飯は食べておいた方がいいよ。いざという時に力が出ないからね」

「へえへえ」


先程述べたように、これは賭けである。

駿と彼女は決して友好的な関係ではないし、組織とは別に目的を持っているようだった。

しかし、この絶望的ともいえる現状を覆す力を間違いなく持っていて、もし、味方に引き入れることができれば、一発逆転さえし得る一枚。

狭い牢獄《ろうごく》。暗闇の中で、眩《まばゆ》いばかりの光彩が弾《はじ》ける。

腰まで伸びた髪は、燃えるような真っ赤と重たい黒のツートンカラー。黒を基調とした豪奢《ごうしゃ》なドレスに、控えめながらも確かな存在感を主張する王冠。

冠する名に相応《ふさわ》しく尊大で、不遜――。

「あらあら、お久しぶりですね、桐谷《きりや》駿。でも、まさかこんな薄汚い所で喚《よ》び出されるとは思わなかったわあ」

運命シリーズ、三番。［女帝］ヘレミア――顕現。

駿が［恋人］ミラティアの次に手に入れた運命シリーズが、このヘレミアだ。

咲奈が那奈《なな》を捜して色藤島へ不正渡航をした一件。

その那奈をスキル［傀儡《かいらい》］で操っていたのが、オラクル所属のライフ、ヘレミアだ。当時、ヘレミアの主は那奈ということになっていたが、それも形だけのもので、主従関係は完全に逆転していた。そんな那奈を救い出したのが駿たちで、言わば、駿とヘレミアは因縁の相手である。

「ああ、久しぶりだな」

ヘレミアからどのような感情を抱かれているか見当のつかない駿は、強く警戒心を滲ませる。ミラティアがいれば……いなくともデッキさえあれば、状況は違っただろうが、今、駿がヘレミアに対して強く出ることができる要素など、皆無と言っていい。

「随分と困っているようねぇ」

ヘレミアは、辺りを見渡し……大まかな状況を察したようで、薄ら笑いを浮かべる。

「間抜けにもオラクルに捕まって、牢の中といったところでしょうか。いつも一緒の恋人もおらず、あらあら、カードも取り上げられて。最後の頼みの綱が、私だなんて可哀想《かわいそう》だわぁ」

ヘレミアは、言葉の是非を問うように目を細める。

「はっ、別に遅かれ早かれお前は喚ぶつもりだったよ。せっかくの運命シリーズが宝の持ち腐れだろ」

「苦しい言い訳ね」

駿《しゅん》の苦し紛れの一言に、ヘレミアは百点満点の笑顔を作った。

「あなたはキリングバイトに乗り込んで、私の計画を台無しにしました。時間をかけて作り上げた隠《かく》れ蓑《みの》も、集めた情報も、力も全部壊された。それで本当に助けてもらえると思っているの？」

「………………」

「そうだとしたら、脳みそにウジが湧いているんじゃないかと疑うわあ」

たしかに、その事実だけを並べれば、ヘレミアが駿に協力するなど天地がひっくり返ってもあり得ないことのように思える。

運命シリーズは己の自由意志で、その使い手を選ぶ。

所有権を刻んではいるものの、駿はヘレミアに何一つ強制はできない立場だ。

「いいことを思いついたわ。今から看守を呼んで、私を引き取ってもらうように交渉しましょう！　あなたを拷問してもらって、私の所有権を放棄させるの。どうかしら？」

「いや、お前はそんなことしないさ」

「ふぅん。なぜ、そう思うの？」

「地下闘技場で戦った時、お前は自分の願いのために運命シリーズを集めると言ったな。オラクルで、それが叶《かな》わないことくらい、お前が一番わかっているはずだ。お前の個人的な願いを叶えるために［世界］を使うはずなんてないって」

「別に使ってもらおうだなんて考えていませんよ？」

「運命シリーズを集めさせて、途中で掠《かす》め取ろうと？」

「ええ。オラクルにいれば、個人で得るのは難しい程の力と情報が手に入るもの。裏切るとしても今じゃない」

「運命シリーズの多くが揃《そろ》った状態で、一ライフのお前がオラクルをどうにかできると本気で思ってるのか？」

「一人ではありません。私には、《傀儡》があるわあ」

スキル《傀儡》――精神操作系最上位のスキルで、その暗示は時間を掛ければ掛けるほど強くなる。その力を使えば、水面下で自分の意志だけが反映された兵隊を増やすことも難しくはない。だが――。

「いいや、一人だ。《傀儡》で何人増やしたところで、お前は一人だよ、ヘレミア。それに、オラクルで信用されてないんだろ。キリングバイトが、オラクルにとって重要な拠点だとは到底思えねえ」

「…………」

ヘレミアは駿へ鋭い視線を向け、グッと拳を握った。

「今、お前に必要なのは仲間と自由だ。違うか？」

「だから、あなたの軍門に下れと言うのですか？　笑えますね」

「別に俺に従えとか言ってるわけじゃねえ。お前の、ネームドライフに自由をって願いは間違ってないと思う。でも、だからこそオラクルにいるべきじゃない。［世界］の顕現は、その目的を叶える手段の一つでしかないはずだ。他の手段を取ろうとしたとき、オラクルは必ず敵になるぞ」

「何が言いたいのかしら？」

「お前が俺を恨んでるのはわかる。そのつもりはなかったが……結果的に俺はお前の目的の邪魔をした。だが、そこは割り切ってくれ。今、俺に恩を売れ！　自由は保証するし、お前の目的自体は好ましいと思ってる。協力はする。後悔はさせない」

「ねえ、めちゃくちゃなことを言っている自覚はある？」

「ある。でも、俺は本気だ」

「どうして、強気なのか心底不思議だわあ。この場で土下座でもした方がまだ可能性があるんじゃないかしら」

「お前はそんなヤツ、まともに相手しないだろ。それくらいわかる」

「……………」

しばらく、場を沈黙が支配した。

ヘレミアは、その価値を見定めるように、駿を見つめる。

「一つ、訂正しておきましょう」

口元で、ゆっくりと人指し指を立てた。

「私は別にあなたを恨んではいませんよ」

「は？　いや、それは嘘《うそ》だろ」

確認した通り、駿がヘレミアの計画を台無しにしたのは純然たる事実であり、ヘレミアが駿に恨みを抱くことは自然なことだった。そこを否定するつもりはなく、また、されるなどとは思ってもみなかった。

「あなたが言うように、運命シリーズを集めるのは手段の一つ。私にとっては、誰が集めてもよかったんです。オラクルでも、あなたでも」

「だからって、俺を恨んでないって話にはならねえだろ」

「察しが悪いですね。地下闘技場での戦い。あの盤面を一人でひっくり返せるなら、あなたにそれほどの力があるのなら、そちら側につくこともやぶさかではないと考えていたと言っているんです」

「わざと負けたってのか……？」

「いいえ、勝つつもりでしたよ。結果的に負けても、私に損がないような状況作りをした、それだけの話です。あなたがオラクルを出し抜いて、運命シリーズを集めてくれるなら、それでいい。あなたが言うように、私には自由が必要だった」

一度オラクルに属してしまえば、様々な制限が生まれる。

千世《ちせ》は、オラクルから常に監視をされていると言っていた。千世の言葉をどこまで信用するかは悩みどころだが、まるっきり全てが嘘だとは思えない。

「なんだ、急に随分と素直じゃねえか」

「あらあら、あれだけ信用してほしいと宣《のたま》っていたのに、いざ、こうなってしまえば警戒心をあらわにするんですね」

ヘレミアは口元に手を当てて、くすくすと笑う。

「……たしかに。悪かった。話を続けてくれ」

駿の殊勝な態度に、ヘレミアは一瞬、きょとんと目を見開いた。

そして、ふうと息を吐くと、ゆったりとした口調で語り始める。

「私は野望を叶えるその前に……いえ、前にというより、その過程で手に入るものですが、一枚のカードを捜しています。運命シリーズ、十九番。［太陽］ライザ。どうしても彼女に会いたい……会わなければならない」

「ライザ……？」

［太陽］ライザ。それがどんなカードで、どんな子であるかはわからない。しかし、その名前を口にしたヘレミアの表情は今までにない程に神妙なもので、因縁浅からぬ仲であったことが窺《うかが》い知れた。

「オラクルにいたのは、ライザと会える可能性が高いと思ったからか」

「成り行きもありましたが、そうですね。結果、ライザと邂逅《かいこう》するどころか、その手がかりすら摑《つか》めなかった。まだこちらに顕現しているのか、アセンブリデッキに戻っているのかすらわかりません」

「ライザはお前にとって大切な人だった……その認識でいいんだよな」

「そうですね。あとは……私たちは元々同じプレイヤーのライフだった……とだけ」

　ネームドライフだろうと、スペル＆ライフズのカードである彼女たちに肉体的な死は存在しない。カードが破壊されても、アセンブリデッキと呼ばれる異空間に戻り、再びプレイヤーにドローされるのを待つだけだ。

　しかし、アセンブリデッキに戻る際に、こちらの世界での記憶は保持されない。

　もし、ライザのカードがこの世にないのだとしたら、再会したところでライザはヘレミアを覚えていないだろう。

　ヘレミアが視線をやると、駿は首を横に振った。

「悪いが、俺は［太陽］ライザについては何も知らない」

「あら、正直ね。持っていない情報をエサに言うことを聞かせる案もあったでしょう？」

「人間不信のヤツにそんな真似《まね》するかよ。これから、長く付き合ってこうって言うなら猶《なお》更《さら》な」

「……あくまで、そのつもりなのね」

「別に今すぐ信用してくれって言ってるわけじゃない。でも、利用する価値はあるはずだ」

　この短いやり取りで、ヘレミアの心境にどのような変化があったのか、彼女の真意などわかるはずがない。ましてや、相手は精神操作系のスキルを持つライフだ。己の心の内を偽ることなど造作もないだろう。

　しかし、信用されたとまでは言わずとも、彼女の持つ剣呑《けんのん》な雰囲気が数段柔らかくなったのを感じたのだ。

「当たり前でしょう。誰があなたなんかを信用するものですか。この展開は、あくまで私の想定の範囲内です。私の思い通りに事が進んでいるということを忘れないでくださいね」

　ヘレミアは、ふっと表情を崩すと二本の指を立てた。

「協力するには二つ条件があります――一つ目、［太陽］ライザに関する情報の全てを渡すこと。二つ目、私の自由行動を許すこと。まあ、あなたから要請があれば、力は貸してあげましょう。どうかしら」

　駿としてもヘレミアの行動を縛りたいわけではない。それに、今回を含めヘレミアの力を借りられると言うのなら、願ってもない条件である。

「ああ、それでいい。よろしく頼む」

そう考え、駿は迷うことなく二つ返事で了承した。

駿が握手を求めて右手を差し出すと……ヘレミアは脛《すね》を思い切り蹴り上げた。

「いて──っ!?」

「あらあら、ごめんなさい。なんだか無性に腹が立ってしまって……」

ヘレミアはわざとらしく驚いたような表情を浮かべ、駿が怒りに震える。

「テメエ……」

「私の力がないとここから出ることもできないのでしょう？　言動には気を付けた方がいいですよ？　ねえ、マスター」

ニヤニヤと意地の悪い笑みを浮かべるヘレミア。

駿を恨んでないなどと宣っていたが、やはり私怨があるのではなかろうか。一応協力はしてくれるようだが、前途多難そうである。


気づけば起床の時間。施設の明かりが点灯し始める。

ここでも、駿の《限定解除《リミテッドアンロック》》が幸いした。

通常、一度召喚を解除したライフを喚《よ》び出すには二十四時間のクールタイムを要するのだが、駿のプレイヤースキルを使えばその限りではない。任意のタイミングでヘレミアを召喚、召喚解除することができる。

燐胡《りんご》と綾葉《あやは》がいないタイミングでヘレミアを喚び、彼女たちが現れれば召喚を解除する。

ヘレミアを常に召喚している必要などないのだが、それも彼女の要求の一つだった。

「ねえ、マスター。肩が凝ってしまったわあ」

そして、顕現している間、ヘレミアはこうして駿《しゅん》をおちょくって楽しんでいた。憂さ晴らしをしているようにも見える。精霊種のライフであるヘレミアは肩凝りとは無縁のはずなのだが……。

「あら、無視をするの？　いいのかしら？　私の力がなければ、マスターは一生檻《おり》の中よ」

「ライフに肩凝りとかねえだろ」

「あら、マスターもそうやってライフを差別するのね。悲しいわあ」

「差別とかじゃねえだろ。特性の違いというか……」

「悲しいわあ」

「…………」

「ほら、これだけの大きさだと、やっぱり肩に負担がかかるのよ」

ヘレミアは両手で抱えるようにして、漆黒のドレスから零《こぼ》れんばかりのたわわを強調する。その大きさもさることながら、胸元が開いた大胆なドレスがよろしくなかった。

別にヘレミアの胸部になど微塵《みじん》も興味がないのだが、悲しいかな、これが男の性《さが》である。豊満なバストが作り出す魅惑の谷間に、思わず視線が吸い寄せられる。

「あらあら、どこを見てるのかしら。いやらしい。汚らわしい」

「いや、今のはお前が……ッ」

「私のせいにするの？　こんなのがマスターだなんて怖気《おぞけ》が走るわね」

ヘレミアは鬱屈そうに大きなため息を吐《つ》く。

「恋人がいなくて溜《た》まってるのはわかるけど、私にそういう目を向けるのは止《や》めてちょうだい。吐き気がするから」

「……っ、マジで覚えてろよ」

駿は拳を握って、ぷるぷると体を震わせる。

すぐにでもぶん殴ってやりたいが、ヘレミアの言う通り彼女の力がなければ脱出すらできないのが現状である。

ヘレミアもそれをわかっていて揶揄《からか》っているのだろうから、これでは思《おも》う壺《つぼ》だ……と思いながらも、腹が立って仕方がない駿だった。

「……っ!?」

すると、カツカツと軽快な足音が近づいて来た。

駿は慌ててヘレミアの召喚を解除し、カードを懐に仕舞う。ちょうどいいタイミングだ。

これ以上、ヘレミアと会話を続ければストレスで毛根が焼け野原になっていただろう。

「珍しいですね。もう目が覚めているなんて」

チャームポイントらしいツインテールを揺らして、綾葉が現れた。

この牢獄《ろうごく》に時計はなく、外界とも遮断されているため、昼夜を知る手段すら存在しない。

明かりが点灯し、綾葉が現れたタイミングを仮に一日の始まりとしていたのだが、彼女が来る前に起床しているのは初めてのことだった。今夜は眠りについていないので、起床しているというのも正確な表現ではないが。

「これ以上お前に寝顔を見られんのも癪《しゃく》だしな」

脱出のカギは、駿と真琴《まこと》の管理を任されているという、この綾葉だ。彼女をヘレミアのスキルで操れば、牢屋からの脱出どころか、施設の逃走経路まで把握することができる。

オラクルのワンド所属である彼女がいれば、セキュリティの問題も解決だ。

「ふん。ほら、今日のエサですよ」

駿は投げ入れられた菓子パンを手に取り、乱雑に齧《かじ》り付いた。

案は二つある。

ヘレミアのスキル《傀儡《かいらい》》を使って綾葉を操る案と、エクストラスキル《慈愛ノ理《ことわり》》を使って操る案だ。前者はスキルを使った時間が長ければ長い程、強い暗示を掛けることができる。

――三か月毎日かけ続ければ、ほぼ完璧に操れるわ。個人差はあるし、警戒されてると効きが弱いけれど。

と、ヘレミアは言っていた。

一度のスキル行使でも効果がないわけではないが、ほんの少しのきっかけがあればすぐに暗示が解けてしまうのだとか。

しかし、三か月も牢屋の中にいるわけにはいかないし、三か月後の命の保障もない。となれば、エクストラスキル《慈愛ノ理》を使うほかないだろう。

問題は《慈愛ノ理》は、一瞬のスキル行使で強い催眠状態に落とすことができる。

ほどの有用なスキルのクールタイムが百六十八時間あることだ。逃走中の切り札として、これほどの有用なスキルもないのだが……そんな悠長なことを宣っている場合でもない。

「なあ、綾葉。お前は誠背区《せいはいく》の研究所で何があったか知ってるのか？　無能世代《タレントエラー》ってのは何なんだ？」

となれば、綾葉との付き合いもこれで終わりだ。

そう思った駿は、最後に気になっていたことを問うた。

――あなたは沢山の屍《しかばね》を越えて力を手に入れた。あなた方が光だとすれば、私たちは影。

誠背区の廃墟《はいきょ》となった研究所。

一瞬のことではあったけれど、そこでの綾葉は、親の仇《かたき》だとでも言わんばかりの敵意を駿へ向けていた。

「あなたはプレイヤースキルの適合率を知っていますか？」

綾葉は駿の言葉に、ピタリと動きを止める。

そして、カセットテープを再生するように、機械的に声を発した。

「約〇・一パーセント。千人に一人です。まず、セレクタークラスに呼ばれる時点で、適性の高いエリートプレイヤー。その中でも、十人に一人も適合すればいい方でしょう。そして、他にもセレクタークラスにすら入れなかった落ちこぼれが、掃いて捨てるほどいる」

たしかに、今思えばセレクタークラスは必要以上に豊かな空間だった。

二人一組の個室があり、食事も三食必ず取らされる。加えて、一般の義務教育よりも進んだ高等教育を駿たちは受けていた。これも実験の一環であろうが、ただ人体実験をするだけなら必要のないシステムである。

「無能世代《タレントエラー》は、ＰＳＡ計画でプレイヤースキルに適応できなかったプレイヤーの中で、特に後遺症を負ったプレイヤーを指します。それは身体的なものだったり、プレイヤーとしての権能の一部を制限されるようなものであったり……見せかけだけでも普通に生活できている私はまだマシな方でしょうね」

「綾葉も、あの人体実験を受けたってのか……？」

そして、失敗したのか。

「あの、が何を指しているかはわかりませんが、私はあなたと違ってセレクタークラスにすら入れなかった落ちこぼれですよ。数千人といる使い捨てのモルモットの一匹。だから、プレイヤースキルの力を手に入れていながら、ここから逃げたあなたを私は許せない」

「は？　怒りの矛先がおかしいだろ」

「ええ、八つ当たりだとは自覚しています。でも、どうしても恨めしい」

バカらしいと吐き捨てる駿を、綾葉は冷ややかな目で見る。

「でも、いいんです。あなたは牢の中。もう逃げられはしない。私たちの屍の上に鎮座する王として、あなたは戻ってきたんです」

綾葉はうっとりとした表情で「数千の命の責任を取ってくださいね」なんて言い残すと、背を向けて去っていった。

「聞いたことを後悔してるかい？」

しばらく、静観を保っていた真琴が口を開き、駿はそれを鼻で笑った。

「まさか。この程度でいちいち振り返ってたら、俺は今頃屍の底だ」

「牢屋の中にはいるけどね」

「うっせ。作戦決行は今夜だ。ヘレミアに頼んで牢を破るぞ」

施設からの脱出を図るなら、皆が寝静まった夜がいいだろう。

そう考え、消灯の直前、その日最後の見回りにやってくる綾葉を狙うことにした。

──カツカツカツ。

ローファーが床を叩《たた》く音が響く。綾葉がやってきた。

背後に待機するヘレミアに視線をやると、彼女はこくりと頷《うなず》いた。

「夜ご飯は食べ終わりましたね？　全く、私はいつまでこんな雑用をす──ッ!?」

気だるげな様子で現れた綾葉は、ヘレミアの存在に気づいて体を強張《こわば》らせる。カードを引き出そうとしてか背中に手を回し……しかし、彼女がそれ以上行動を起こすことはなかった。

「ストップ。そう、いい子ね」

エクストラスキル──《慈愛ノ理》。

人一人を容易に完全催眠状態に落とすそのスキルは、ヘレミアが綾葉を視界に収めた瞬間、既に発動されていた。

「ワンと鳴きなさい」

「ワン！」

腕を組んだヘレミアがそう言い放つと、綾葉は逡巡《しゅんじゅん》する間もなく従順に応えた。

ヘレミアが鉄格子から手を出すと、自発的にお手をするほどの催眠具合だ。

「悪くないわね。効き方には大きく個人差があるのだけど、これならしばらくは問題なさそうよ。強い衝撃でも与えなければ、そうそう解けることもないでしょう」

「オーケー、助かった。よし、綾葉、俺をここから出してくれ」

「はいはい、言われなくてもわかってますよ、っと」

綾葉は駿のオーダーにも疑問を持つことなく鍵を取り出した。

まるで友人でも相手にしているかのような気やすさだ。一度、那奈《なな》に使用しているところを見てはいたが、改めて強力なスキルである。

綾葉は鍵を南京錠《なんきんじょう》に差し入れ、捻《ひね》る。シャックルが飛び上がり、錆《さ》びた金属音と共に鉄格子の扉が開いた。

同様にして真琴も牢屋から引っ張り出す。

「んんー、室内には変わりないけど、やっぱり解放感があるね」

外に出るなり真琴は大きく伸びをした。

通路の明かりは既に失われており、誘導灯のぼんやりとした光があるのみだった。

右手側には、同じように牢屋が並んでおり、誘導灯のある左手側は少し進めば行き止まりになるようだ。行き止まり、いや、扉だろうか。

「綾葉さん、私たちを外まで案内しなさい」

「え、本気で言ってるんですか？　えっと、外って……」

「この施設から出るって言ってんだ。案内してくれないか？」

「はあ……まあ、いいならいいですけど」

含みのある言い方だが、綾葉《あやは》は了承したようで左手側を歩き始める。

「更地《さらち》さん、ここは捕らえた人を捕まえる場所……牢屋なんだよね」

「かつてはそうでしたけど、今はほとんど使われていませんよ。ほら──」

綾葉の視線を追って牢屋の中を見やると、中には人の居場所がないくらいの物であふれていた。段ボールの山に、廃棄された注射器、木材や鉄板などがゴミ箱に放られるように雑多に詰み上がっている。

「昔はもっとモルモットが居ましたからね……今となっては、この第二研究室倉庫は文字通り倉庫として使われています。二人を迎えるために、わざわざ荷物を退《ど》かしたんですよ？」

「第二ってことは、第一もあるのか？」

「はい。下の階がちょうどそうです」

通路の突き当たりまで辿《たど》り着くと、綾葉はネームホルダーを取り出し、社員証のような顔写真付きのカードをリーダーに翳《かざ》した。すると、規則的な電子音が響き開扉。どうやら、これはエレベーターのようだ。

「どんだけでけえ建物なんだよ」

「ここもオラクルの一施設に過ぎないですけどね。まあ、その中でも大きな方ではありますが」

エレベーター内のボタンは、B2~5まで存在した。

一フロアの面積はわからないが、ただの研究所とするには、過剰な広さだと思える。それとも、それほど大規模な実験が行われているのか……。

ここが地下の一階。『1』のボタンを押し、エレベーターに揺られて一層分を跨《また》ぐ。

扉が開かれた先に広がったのは、真っ白な空間だった。

合成樹脂系の塗り床に、ぼんやりと光を帯びた常夜灯。ネームプレートがかかった幾つもの扉が左右に展開されており、喩《たと》えるならば病院が一番近しいだろうか。

エレベーターを出た綾葉は、右に曲がり迷うことなく突き進んでいく。

やはり、こちらも同じように無数の扉が備えられていた。

「なんだか不気味な場所だね。明かりがないからかな」

最後尾を歩く真琴が頼りなさそうな声を発する。

「ここは実験室です。特に人体実験と呼ばれる類のことが行われていますね」

「更地さんも、そこで働いてるの……?」

「いいえ、私は日之館《ひのたち》センパイの直属の部下なので、細かい所属を言えば違います。最終的に私たちが作ったクスリの治験くらいはしてもらいますが……」

日之館燐胡《りんご》。あのスク水白衣のおかしな研究者は、チャンスアッパーは自分が作った物だと言っていた。

人体実験とは、そう言ったクスリの開発とは別の領域として存在するということだろうか。駿《しゅん》がセレクタークラスで経験したようなプレイヤースキルを植え付ける実験、いや、恐らくそれ以上に救いようのないことが行われているのだろう。

「つきました。本当に外に出るんですか？」

そこは、エントランスというよりは、裏口のような場所にあった。

通路の最奥。潜水艦のハッチを思わせる厚くて厳重な扉がある。まるで人を閉じ込めておくための蓋のような……そういえば、この施設内で窓を一度も目にしたことがなかった。

「うん。本当はもっと調べたいところだけど、残念ながらそこまでの余裕はなさそうだしね」

「わかりました」

そう言うと、綾葉はエレベーターを起動させた時のようにリーダーにカードを翳す。電子音が鳴り、そして重たい駆動音が響く。何重にも施されたロックが解除され、巨大な扉が開かれ——。

「は……？」

気の抜けた声が漏れる。それは駿のものだったか、はたまた真琴かヘレミアか。いずれにせよ、皆、同じように驚愕《きょうがく》していたのは間違いない。
ツンと鼻の奥を突くような冷気。
急激に場の温度が下がったように感じる。
雲一つない青空に、燦々《さんさん》と輝く太陽。
目の前には、一面銀の世界が広がっていた。

「外に出ても意味ないよ？　だって、ここ南極だもん」

耳朶《じだ》を打つのは懐かしくも、どこか妖しい声音。
思わず体を強張らせた駿は、期待と不安を覚えながらゆっくりと振り返る。
全てが塗りつぶされたような白髪に、白を基調としたセーラー服。
四年前とは少々外見が変わってしまったが間違いない――。
「だから戻ろうね――兄さん？」
駿が彼女の声を聞き間違えるはずがなかった。
少女は、ふと微笑《ほほえ》んで駿へ手を伸ばす。
ずっと、この一瞬のために生きてきた。
ずっと、彼女を捜して、全てはそのために戦いを重ねてきた。

ずっと、ずっと、その声だけを聞きたくて――。

「りん、ね……なのか?」

こうして、何の予兆もなく最愛の妹との邂逅《かいこう》が果たされたのだった。

Phase.3
望まぬ邂逅―兄想う故に我あり

――駿たちが牢屋《ろうや》を脱する約一日前。

公安部特殊異能課臨時特別部隊、事務所にて。

「……っ、こんな時に限って」

エグゼクティブデスクに座った真昼美鈴《まひるみれい》は、怒りに震えていた。

目の前には書類の山。コーヒーは口を付けないままに冷めきってしまい、定期的にかかってくる電話が鬱陶しく、先ほど電話線は引っこ抜いてしまった。

普段は冷静沈着で生産性が高く、非常に優秀な彼女だが、今回ばかりは対応しなければいけない案件が重なり過ぎた。

加えて慢性的な人手不足にもかかわらず、今日は輪にかけて人が少ない。

戦闘面以外では邪魔にしかならないディアノートはいいとして――。

「真琴《まこと》くん、何してるのかしら……」

数日前から、部下である羽風《はかぜ》真琴と連絡が取れない。

彼は時折突飛な行動を取ることはあれど、基本的に真面目な性格だ。丸一日以上連絡を寄越《よこ》さないなんてことは今までなかった。

「廃墟《はいきょ》となった研究所の調査に行ったきりよね。汚鼠街《おそがい》、しかもオラクル絡みの可能性が高い……トラブルに巻き込まれたと考えるのが妥当かしら」

真琴の安否確認ができない状況では、集中力も削《そ》がれるというもの。

しれっと戻ってきて「すみません、携帯が壊れちゃって……」なんて苦笑する彼の姿も想像できたが、今回に限ってはなんだか胸騒ぎがするのだ。

「大丈夫だよ！　真琴くん強いし！　ディアちゃんもいるし……！」

棚の書類整理をしていた色藤第一高校《しきとうだいいちこうこう》の制服を着た少女——夕霧恵菜《ゆうぎりえな》が元気よく答える。

彼女が臨時特別部隊に入隊したのは、つい最近のことだ。

全てのきっかけは、恵菜が色藤第一高校で流行《はや》っていたチャンスアッパーを飲んだこと。ドローの際に高レアリティのカードを引く確率が上がるその効能により運よく、いや、運悪くだろうか、運命シリーズ一番、［魔術師］リリリリを引いてしまった。

結果、オラクルに襲われ、力ずくでリリリリの所有権を引き剥がされることとなる。

そこで、オラクルから恵菜を守ったのが、真琴とディアノートだった。

リリリリは奪われてしまったものの、恵菜の命に別状はなく——その後、真琴に深く感謝した恵菜は「雑用でもなんでもやるので！」と言って、臨時特別部隊に迎え入れられた。

今では立派な戦力……と呼ぶには心許《こころもと》ないが、彼女は精一杯尽くしてくれている。

「ディアノートがいるのは、どちらかと言えば不安要素だけれど」

「あはは……それは、そうかも」

恵菜は困ったように笑い、それから表情を一転、パッと顔を上げる。

「あ、でもでも、ディアちゃんすっごく強いし、真琴くんを力ずくでどうにか！って言うのは難しいはずだよ！」

「そう、ね……」

「とりあえず、今はできることをがんばろ！」

そう言って、ディスクに座った恵菜は書類仕事を再開した。

先日、真琴が現場に向かった鶴《つるぎ》妓港《こう》第二倉庫でのチャンスアッパー裏取引事件についての処理、その他特殊異能課の別部隊から回された仕事も合わせて、対処しなくてはならない案件は山のようにある。

ちなみに、真琴から二十四時間連絡がなかった時点で、美鈴は独自に彼の捜索を始めていた。

しかし、その成果はゼロ。廃墟となった研究所とやらにも訪れてみたが、手がかりらしいものは見つけることができなかった。

「もっと、たくさん人が居ればいいのにね。募集とかは掛けられないのかな？」

「そう簡単な問題でもないのよ。あなたを入れる時だって、少し揉《も》めたくらいだもの」

「え、そうだったんだ……!?　でも、ディアちゃん入れても四人は流石《さすが》に少なくない？

あ、もう一人いるんだっけ？　私会ったことないけど」

美鈴に、真琴、ディア、恵菜の四人。

加えて、現在長期で別の任務に当たっているメンバーが一人。

「そうね、彼はまだしばらく帰ってこないでしょうけど」

「あーあ、もっと人が増えれば、この事務所も大きくなるかもしれないのにな〜」

椀戸区《わんどく》にあるビルの一室を借りたこの事務所は、四人が満足に活動するには少し手狭だった。

恵菜が来てから事務所は非常に清潔に保たれており、雑多な物で溢《あふ》れていた室内は一度整理整頓された。しかし、棚に入りきらなくなった資料は床に積まれているし、徐々に増えていく（主にディアノートが持ってくる）雑貨のせいで、また雑然としてきた。

「それもどうかしらね」

美鈴は反応のないスマートフォンに視線を落として、ため息を吐《つ》く。

「夕霧さん。私たち臨時特別部隊の異能課での役割は？」

「あ、えっと……オラクルって悪い組織を追うことだよね？」

「そうね。スペル&ライフズに関する非合法な実験を繰り返す組織——オラクル。組織の規模、本拠地も不明。有力な手掛かりはほとんど摑《つか》めていないのが現状よ。そんな巨大な組織の捜査をするために臨時で作られたのが、私たちプレイヤーによるこの部隊。ねえ、おかしいと思わない？」

「えっと……戦力的にちょっと心許ないよね」

「そう。色藤島《しきとうじま》で最も規模が大きい脅威だと言える組織なのに、専門で調査をするのが私たちだけなんて。もちろん、特殊異能課の人手不足も、他に当たらなくてはならない案件が多いことも知っている」

「つまり、美鈴先輩がすごく頼りにされてるってことだよね！」

「違うわよ、おバカ」

笑顔で見当違いなことを宣《のたま》う恵菜を、美鈴は一蹴する。

「おバカ!?　美鈴先輩酷《ひど》いね……!?」

「上は本当にオラクルに対処する気があるのかってこと。動きが遅いのはいつものことだけど、さすがに悠長に構えすぎじゃないのかしら」

公安に所属する父の影響で、美鈴はある程度内部事情にも詳しい。

美鈴がこの地位に就けているのも、偏《ひとえ》に父の威光があってのことだ。

激しい派閥争い、内部政治。この島の平和以上に大切なことが存在するか、と吐き捨てたくなるが、美鈴にとっても無関係のことではない。

ただ、それ以上に最近の特殊異能課の動きには違和感を覚える。例えば――。

「あ！　実は特殊異能課にオラクルのスパイが紛れ込んでたりして！」

「いえ、でもそれはさすがに――」

――コンコン。

美鈴の言葉を遮るように、ドアがノックされる。

立ち上がった恵菜が「はーい」なんて返事をして扉を開けると。

「やあやあ、特殊異能課の諸君。ちょっとばかりボクと話をしようじゃないか」

どこからどう見ても怪しい一人の少女が現れた。

全てが抜け落ちたような白髪に、深紅の瞳。黒を基調としたゴスロリドレス。街中を歩いていたら思わず二度見してしまいそうになる風貌だが、彼女の整った顔立ち故か、その装いこそが正しい物であるかのように思えた。

「意気消沈しているかとばかり思っていたが、案外元気そうで安心したよ。真昼美鈴」

名前を呼ばれ、美鈴の表情が強張《こわば》る。

「どなたかしら。私はあなたのことを知らないのだけれど」

「これは申し訳ない。自己紹介がまだだったね。ボクは朝凪夜帳《あさなぎとばり》。しがない情報屋だよ」

「朝凪……夜帳……」

どこかで聞いたことがあるような名前に首を捻《ひね》る美鈴。

しかし、ダメだ。どうにも思い出せそうになかった。

「その情報屋さんが、私たちに何の用事かしら」

「そう警戒しないでくれよ。怪しい見た目をしている自負はあるけど、今回は君たちの味方なんだから」

「職業柄かしらね、あなたみたいな人の言葉を簡単に信じるのは難しいのよ」

夜帳は取り付く島もない美鈴を見て、嘆息する。

「はあ……じゃあ、さっさと本題に入ってしまおうか——羽風真琴はオラクルに囚《とら》われている」

ガタッ。美鈴は椅子を倒す勢いで立ち上がり、大きく目を見開いた。

恵菜も同じように驚き、夜帳に詰め寄る。

「う、嘘《うそ》じゃないんだよね！　真琴くんは本当にオラクルに……！」

「本当だとも……と言ったら君たちは信じてくれるのかい？」

「えっと……うーん」

正直に言葉に詰まる恵菜を見て、夜帳はふと笑う。

「羽風真琴は、桐谷《きりや》駿《しゅん》と協力者の更地《さらち》綾葉《あやは》と共に誠背区《せいはいく》にある廃墟となった研究所へ向かった。その研究所はオラクルのもので……実は、更地綾葉もまたオラクルの所属だった」

「な……ッ」

「更地綾葉に不意打ちを喰《く》らって眠らされた駿と羽風真琴は、現在オラクルのとある研究所に捕らえられているはずだよ。ただ、その研究所がちょっと面倒な所にあってね……君たちでは一生かかっても彼を助け出すことはできない」

「あなたは何故《なぜ》それを知ってるの？」

「ボクが色藤島一の情報屋だからさ」

「答えになってないわ」

しかし、彼女が嘘を言っているようには思えなかった。

真琴が誠背区へ行った過程については寸分たがわず合っていたし、わざわざ特殊異能課まで来て、でたらめを言う意味などないはずなのだ。

「何故、それをわざわざ私たちに教えるの。あなたの目的は何？」

「桐谷駿と……まあ、他にも少し研究所に用事があるんだ。そのためには人が多い方がいい。オラクルを攪乱《かくらん》できた方がボクも動きやすくなるからね」

「なるほど……あと一つ、あなたの行動を信用するための根拠が欲しいところね」

「ふむ、そうだね」

夜帳は口元に手を当てて考え込み、やがてゆっくりと口を開いた。

「じゃあ、［愚者］ディアノートを取りに行こうか」

「ディアノートを？」

「そうだとも。駿と羽風真琴は、更地綾葉に全てのカードの所有権を強制的に解除させるクスリを打たれた。それぞれが使役していたネームドライフはカードに戻ったわけだけど、そこで駿は最後の力を振り絞って、指定した場所に物を転移させるスペルを使ったんだ」

「オラクルに運命シリーズを渡さないために」

「そう。だから、［愚者］のカードはこちらに存在する」

「わかったわ……もし、本当にディアノートがあったのなら、今の話は全て信じるし、その研究所とやらにも同行させてもらう」

「うん、話が早くて助かるよ」

美鈴《みれい》はデッキホルダーや、スマートフォンを取り出して、外出の準備を始める。

するると、近くにやってきた恵菜が元気よく名乗りを上げた。

「私も行くよ！　真琴《まこと》くんが心配だもん！」

「ダメよ」

「なんで!?　私にだってできることはあるはずだし……」

「この事務所を空けておくわけにはいかないし、もし私が戻らなかったとき、今の話を伝えられる人が必要だわ」

「でも……」

「別にあなたを足手まといだと言っているわけじゃないの、適材適所。これも必要な役割よ」

「……うん、わかった。美鈴先輩がそう言うなら」

しょぼんと目を伏せた恵菜《えな》は、一転、顔を上げて強く拳を握った。

「真琴くんたちを助けてあげてね！」

「ええ、もちろんよ」

「私、お疲れ様会の準備をして待ってるからね……！」

ぶんぶんと激しく手を振る恵菜に見送られる美鈴。

美鈴はひらひらと手を振り返すと、夜帳について事務所を後にするのだった。

「では、行こう。ディアノートの回収と戦力の補強をしようじゃないか――」

◇

咲奈《さな》は、ミラティア、ルルナを召喚してから、共に駿の捜索を続けていた。

鶺鴒《せきれい》には、バーシュヴァルベで情報を集めて貰《もら》い、咲奈は自分の足を使って駿の足取りを追う。

しかし、未《いま》だ手がかりはゼロ。

この広い島の中を虱潰《しらみつぶ》しに捜すのはさすがに無理があった。

せめて取っ掛かりさえあれば……そう思い真っ先に思い浮かんだのは、駿が最後に訪れたという廃墟《はいきょ》となった研究所だった。

今にも崩れそうな絶妙なバランスで保たれている廃研究所。

その隙間を潜《くぐ》って、咲奈は研究所内に侵入した。

「駿は公安の羽風《はかぜ》真琴って人と、オラクルの更地綾葉って子とここに来てたのよね」

一階の元オフィスであったであろうエリア。

ここで更地綾葉に不意を衝《つ》かれた駿と真琴は、オラクルに捕獲された。

「そうでございますね。ただ、手掛かりは特になさそうです……」

ルルナはすんすんと鼻をひくつかせて、辺りを注意深く調べる。

ミラティアはというと、部屋の端で何やらぼうっとしていた。召喚してからずっとあの調子で、話しかけても反応は鈍く、その容姿も相まって本当に人形のようだった。

「シュンニウム欠乏症……本当に深刻な病気のようね」

「変わった所も特になく棚の資料もそのままでございますね……六人以上が出入りしているため、足跡もあまり役には立たず……」

オラクル所属だという更地綾葉は、この場所を知っていた。

つまり、ここに残っている資料は、さして重要な物ではないのだろう。

「ねえ、ミラちゃん。辛《つら》いのはわかるけど、もう少しがんばりましょ！　駿を助けられるのは私たちしかいないのよ！」

シュンニウム欠乏症のミラティアを励ますが、特に響いた様子はないようで、ミラティアは仏頂面を崩さない。

「ん。でも、意味ないから」

「意味がない……？　どういうこと？」

「シュンは、ここにはいない、から」

「もちろん、この研究所にいないのはわかってるけど、何か手がかりがあるかもって……」

「ちがう。たぶん、この島には――」

ドガン――ミラティアの言葉を掻《か》き消して、鈍い破砕音が響く。

続けて、凹《へこ》んだ扉が咲奈の足元へ滑る。建物が揺れる嫌な重たさの音が響く。誰かが侵入してきたのだ。しかも、不安定な扉をわざわざ蹴破っての強行突破。

「お、報告を受けて来てみれば、案外可愛《かわい》いじゃん」

「精霊種か。こりゃ、高値で売れそうだぜ」

「気を付けろよ、精霊種ってこたぁ、ＳＳＲ以上は確定だ」

数人の男たちが下卑た笑いを浮かべて現れた。

身なりが汚く、筋骨隆々。制服は着ていないが、高校生くらいだろう。カードの束の他に、金属バットなどの武器を持っている輩《やから》もいた。表情、身なり、全てから、柄の悪さ、性格の悪さ、育ちの悪さが滲《にじ》み出ていた。

誠背区を根城とするごろつき。その発言から察するに、無差別にレアカードを狩る集団――イビルハントだろうか。

帰りのホームルームでレアカード狩りに注意するよう先生が呼び掛けていたのを、咲奈は思い出す。

最近、色藤第一高校《しきとうだいいちこうこう》の生徒が何人か被害に遭ったらしい。

「もう、こんなの相手にしてる場合じゃないってのに」

咲奈は忌々しげに舌打ちをして、イビルハントを睨《にら》みつける。

「俺もアンタには興味ないなぁ。まな板は好みじゃないんでね。どちらかと言えば、そっちの狐耳《きつねみみ》の方が……」

男はルルナの方を見て、舌なめずりをする。

「誰がまな板よ！」

「なっ、ルルナのおっぱいはお主人のものでございます！」

咲奈とルルナは、それぞれ胸を押さえて声を上げる。胸を押さえる意図は、全く別のものであったが。

「え、駿とルルナちゃんってそういう……」

「そういう……？　そうですね、多分そうでございます！」

よくわかっていなそうなルルナは耳をピンと立てて、元気よく返事をした。

「カードを置いて、さっさとここを去りな」

「だ、誰が置いてくもんですか！」

「怪我《けが》したくなかったらな」

男は懐から、黒の自動式拳銃を取り出す。

ニヤリと笑うと、スライドを引き、弾倉《マガジン》からタマを薬室《チェンバー》に押し込んだ。

「な……っ、拳銃!?」

「驚いたか？　プレイヤー相手にするなら、下手なカードより銃火器《こっち》の方がよっぽど確実だ」

「最近はこういうのも出回ってるんだ。降参すれば痛い目見なくて済むぜ？」

咲奈の背中に嫌な汗が滲む。

ポイントは、その拳銃がカードから出したものではないということだろう。

例えば、攻撃系のベーシックスペルで攻撃しようとしたら、その威力にかかわらずスペルの効果を無効にするスペル及びスキルの干渉を受ける。

その拳銃がアームドスペル由来の物であった場合もそうだ。アームドスペルによる攻撃を無効化、またはそのアームドスペル自体の発動を解除するスペルなどざらにある。

しかし、本物の拳銃であれば、それらの効果の影響を受けない。

スペル&ライフズのカードが普及したこの島だからこそ、カード由来ではない通常の武器が特別有用な得物となり得るのだ。

「そういう使い方もあるのね……」

もちろん物理攻撃を弾《はじ》くスペルも存在するが、カードを発動するのと、引き金を引くのどちらが速いかなど、論じるまでもないだろう。

カードに手をかけた瞬間殺《や》られる——その未来が過《よぎ》った。

「でも、おあいにく様ね」

新しくスペルを発動しようとすれば引き金を引くスピードに敵《かな》わないが、既に召喚されたライフのスキル発動は別の話。

ミラティアの《幻惑》はノーモーションで発動が可能。

ほんの少し攪乱してしまえば、ただでさえ命中率の低い拳銃などガラクタも同然である。

「通常兵器の話も駿《しゅん》に聞いておいてよかったわ、ミラちゃん！」

咲奈はミラティアに向けて高らかに号令を飛ばす。

が、スキルが発動する様子はなく、ミラティアからの返答もなし。

「あれ……？　ミラちゃん？」

不思議に思って後ろを見やると、ミラティアの姿は見えなかった。

既に《幻惑》を発動し、姿を隠していたのだろう。

もしかしたら、もうこの場から逃げているかもしれない。

思えば、イビルハントたちはミラティアについて何も言及していなかった。ヤツらが入ってくる頃にはもう《幻惑》は使われていたということか。

「ミラちゃん!? 私は？ 私にも使ってよ！ もしかして使われてる……わけないわよね！ ゴロツキ共と目が合うもの！」

「テメエ、一人で何騒いでんだ」

「こっちが聞きたいわよ！」

困惑するイビルハントたちに、反射で突っ込む咲奈。

「ああもう、仕方ないわね！ ルルナちゃん！」

「す、すみません……咲奈殿。今日のスキルではちょっと……」

ルルナのスキル《呼応》は、対象の五感を封じるというものなのだが、使用できるのは、視覚、聴覚、触覚、味覚、嗅覚のうち一日一種類。それは月の満ち欠けに応じて決められるため、プレイヤーの意志では選択できない。

たしか、今日は味覚の日だったはずだ。

敵の味覚を封じたところで何ができるというのか。

「うう、すみません、咲奈殿。ルルナが、ルルナが役立たずのばかりに……！」

「そ、そんなことないわよ！ ルルナちゃんにはいつも助けられてるわ！」

今にも泣き出しそうな様子のルルナを、咲奈は慌てて慰める。

「うぐ……こんな所でイルセイバーなんて召喚したら大変なことになるし……」

崩れかけの施設が、イビルハントたちのせいで更に不安定な状態だ。

それがなくとも、あの巨大な竜を喚《よ》んでしまえば、この施設は容易《たやす》く吹き飛ぶだろう。

「おい、そろそろ待つのも限界だぜ。早くその狐耳の所有権を破棄しろや」

「それは無理よ。これはいけ好かない先輩に預かったものだから」

「あ？」

「借りを返さないまま、更に貸しを作るようなことできないのよ！」

「そうか、後悔してもおせえからな」

男は両手で自動式拳銃を構え、引き金を引く。

耳をつんざく発砲音。それが聞こえたと思った瞬間には、頬に鋭い熱が走っていた。

「い――ッ!?」

頬に血が伝う嫌な感触に、咲奈は表情を歪《ゆが》める。

全身の毛穴がぶわっと開くのを感じた。死への恐怖。

ヘレミアと対峙《たいじ》した時とも、戌子《いぬこ》と対峙した時とも別種の殺られるという実感。

駿も、イルセイバーも、ミラティアも頼れない。そんな状況だからこその恐怖。

「……っ」

と。

パラパラと何かが零《こぼ》れ落ちる音と、不穏な重低音が響いた。

「な、なんだ……!?」

天井が抜け、目の前に一メートルは下らない瓦礫《がれき》が落ちて来る。

今の発泡がトリガーとなり、絶妙なバランスで成り立っていた施設が崩れ始めたのだ。

「クソ、マジかよ」

男たちは慌てて踵《きびす》を返して、逃走。

「助かっ……」

咲奈《さな》たちもその後を追おうとするが、目の前にひと際大きな瓦礫が降ってきた。それを皮切りに落ちて来る礫《つぶて》の勢いは増し、不穏な重低音も響き続けている。

「たわけないわよねえええ――ッ!?」

「咲奈殿！」

これで出口が塞がれてしまった。

「どど、どうしましょう！　お、お主人ならこんな時、えっと、えっとお……」

耳をピコピコ動かして、目を回すルルナ。

「お、おちつきなさい！　お、お、おおおお……」

横は壁。背後の扉は歪んでいて開かない。無理やりガラス窓を割れば廊下に出られるかもしれないが……ダメだ、その先の廊下は元々の崩壊で人が通れる隙間なんてありゃしない。

「うわあああああん、まだやりたいこと沢山あったのにいいいい！」

徐々に崩れ始める研究施設。崩壊の音と、降り注ぐ礫にコンクリート。

咲奈は頭を抱えてその場で蹲《うずくま》り、叫びを上げた。

轟音《ごうおん》。ついに建物を支えていた核となる柱も砕け、大崩壊が始まる。

このまま瓦礫に押しつぶされて、為《な》す術《すべ》もなく死んでしまうのだ。

できることならなるべく苦しまないような当たり方をしてほしい。ああ、終わりは案外あっけないものだなあ……そんなことを考えながら、咲奈はそっと瞳を閉じ――。

「……あれ？」

しかし、覚悟していた衝撃はいつになっても訪れなかった。

代わりに、頭に軽い衝撃。

「いてっ」

顔を上げて、それがブルートパーズの髪を揺らす少女による平手打ちだと理解する。

「ミラちゃん……！」「ミラ殿……！」

咲奈はミラティアに抱き着かんばかりに飛び上がる。

耳を畳んで衝撃に備えていたルルナも同じように顔を上げ、表情を崩した。

ミラティアのエクストラスキル――《無貌ノ理《ことわり》》。

二十四時間に一度使えるスキルで、その効果は幻影を現実に反映するというもの。

ミラティアは、その力で巨大な骸骨を創造した。そのあばら骨の内側に咲奈たちをしまうようにして、瓦礫から守ってくれたのだ。

「あなたが死ぬと、シュンがほんの数秒くらいは落ち込むかもしれないから……それだけ」

「数秒!?　さすがのあいつでもそんな短いわけないでしょ!?　ない……わよね？」

ちょっと自信のない咲奈だった。

「冗談、数秒すら落ち込まない。でも、仮の仮の仮の主であるあなたが死ぬと、わたしはアセンブリデッキに戻る。すると、シュンと過ごした記憶が消えてしまう。それはこまる」

「なんでフォローじゃなくて、追い打ち!?」

ミラティアが作り出した巨大骸骨が体を起こすと、崩壊した瓦礫が退《ど》けられて青空が見える。元々、崩れかけだったためか二次被害はなし。ただ、この研究施設は建物としての機能を完全に失い、瓦礫の山と化していた。

「それにしても、ミラちゃんの想像毎回グロいわね……」

高菓スカイタワーの屋上で戌子、兎々璃《ととり》と戦った時も、地獄のようなおどろおどろしい幻を創り出していた。キリングバイトでヘレミアと戦った時も、創造したのは無数の亡者だった。

「これが一番そうぞうしやすい。こんかいもシュンはいないし、ね」

「はあ、ほんと全部の基準がそれなのね」

「ん、シュンの恋人としてかわいくみられたいので」

ミラティアのおかげで生き埋めは免れた。

問題は、先ほどまで数人だったイビルハントが十数人まで増えていることだろうか。

自動式拳銃を持つ男を中心に、咲奈たちを広く取り囲んでいる。

「ははっ、これで生きてるたあ、運がいい。もちろん、俺らにとって、だがな」

結果的に瓦礫に出口を塞がれたのはよかったかもしれない。

あの男たちと一緒に脱出していたら、その瞬間に捕まっていただろう。

「さあ、今度こそ所有権を放棄しろ」

「こ、断るわ……！」

タマが掠《かす》った頬がじくじくと痛むが、咲奈は先と変わらぬ答えを返す。

ミラティアのエクストラスキルは使用済み。《幻惑》は使えるが、十数人に囲まれた状態だとどうだろう？　姿を隠しても逃げ切れるかは五分と言ったところか。

「あいつなら何の気なしに強行突破しそうだけど……私にできるのはこれくらい……」

咲奈は小声で呟《つぶや》くと、覚悟を決める。

グッと拳を握って、大きく息を吸い込んだ。

「ちょっと待ちなさい！　今から一発ギャグをするわ」

「へえ、じゃあ――」

一瞬、時が止まった。

イビルハントたちは大きく目を見開き、きょとんとしている。

「おもしろかったら見逃しなさい……！」

咲奈は、ここ一番と言わんばかりの真剣な表情を浮かべている。

それが更に面白かったのか、イビルハントたちは腹を抱えて大笑いした。

「ははははッ、なんだコイツふざけてんのか」

「バカだ。底抜けのバカがいやがる……！」

「まあ、でも、余興としちゃあ面白いじゃねえか。いいぜ、ここに居る半数が笑ったら見逃してやらあ」

「本当ね？」

「ああ。男に二言はねえ」

「わかったわ――」

咲奈は大きく息を吸って、吐く。

ツインテールを摑《つか》むと、プロペラのように頭上でくるくる回す。

そして、ちょろちょろとその場を歩いて、一言。

「——自立飛行型ドローン」

しーん。辺りを静寂が支配する。

再び、時が止まった。

拳銃を持った男を含め、全員がスンとした表情を浮かべている。

「よし、所有権剝いだらアイツ殺せ」

「ちょ、にゃんでよ!?　私の渾身《こんしん》の一発ギャグよ!?」

「誰も笑ってなかっただろうが！」

「もう一回！　もう一回チャンスをちょうだい！」

「うるっせえ！　ダメに決まってんだろ！」

「なあああんでえええええ！」

「咲奈殿……」「あわれ……」

その場で泣き叫ぶ咲奈。

味方のはずのルルナとミラティアからも白い目を向けられていた。

すると、咲奈たちを包囲するイビルハントたちの外側から、二人の少女が現れた。

「ねえ、あのふざけたのが本当に戦力になるの？」

「彼女は……今のところはどうでもいいかな。ただ、あの子が持っている駿《しゅん》のカードが重要なんだ」

咲奈たちを囲むイビルハントの外側からざわめきが広がり、その空気を押しのけるようにして二人の少女は凛《りん》とした表情で歩く。敵意を持って詰め寄るイビルハント共を意に介さず、咲奈の下までやってきた。

一人は紫がかった髪を腰まで伸ばした、聡明《そうめい》そうな少女。腕に腕章をしているから、公安の特殊異能課だろうか。

もう一人は見覚えのある……もう二度と会いたくなかった少女である。

全てが抜け落ちたような白髪に、深紅の双眸《そうぼう》。黒を基調としたゴスロリドレス。

以前、姉の那奈《なな》をオラクルから救出する際に頼った情報屋の少女——。

「あんたは！　朝凪夜帳《あさなぎとばり》！」

「やあやあ、久しぶりだね、萌葱《もえぎ》咲奈。元気そうで何よりだよ」

「元気じゃないわよ！　意気消沈してるわよ！　絶体絶命よ！」

「君は相変わらず面白いことを言うね。絶体絶命？　今度国語辞典をプレゼントしてあげるよ」

「絶体絶命の意味はわかってるわよ！　ていうか、使い方も合ってるでしょ!?」

「君は十数匹の羽虫にたかられることを九死と呼ぶのかい？」

夜帳は大仰な仕草でやれやれと首を振ってみせた。

相変わらずの芝居がかった言動も、容姿ゆえか様になっているのが腹立たしい。

そして、イビルハントたちも夜帳の言動を看過できなかったようで、今にも殴りかかりそうな勢いで詰め寄ってくる。

「テメエ、このふざけたガキの仲間か？　中々肝据わってんじゃねえか」

「ふむ、拳銃か。たしかに、選択肢としては中々悪くない」

夜帳は男が持つ自動式拳銃を見て、感心したように呟く。

そして、いいことを思いついたと言わんばかりに口角を上げた。

「ボクは別にこの触角娘の仲間ではないよ。それとさっきのはね、この子が言っていたんだ。君たちは羽虫だって」

「い、言ってないわよ!?　せめてカブトムシくらいだとは思ってるわよ！」

カブトムシならば、虫の中でもカッコいい。それに、男の子はカブトムシが好きだと聞いたことがあったのだ。

「テメエら人をおちょくってんのか！　今更降参したっておせえぞ、想像の百倍は痛い目みせてやらあ！」

が、男はこめかみに青筋を立てて怒り始める。

「ちょ、ほらあああ余計なこと言うから！」

騒ぐ咲奈《さな》を見て、公安の少女は「今のはあなたが火に油を注いだのでは……」と呆《あき》れている。

ミラティアは既に咲奈への興味を無くしたのか、《幻惑》で姿を隠していた。

イビルハントの連中は次々にカードを取り出し、目の前の男は自動式拳銃の照準を咲奈に合わせて、引き金に指を添える。

「あんた、どうにかしなさいよ！　いきなり乱入してきて！　ほんっと、どうにかしなさいよおお！」

それを横目に、咲奈は夜帳の肩を摑んで、泣きつくように揺らす。

「はあ……君に恩を売っても仕方ないんだけど……」

「そういうのいいから！　あんたにとっては羽虫なんでしょ！　だったら、早く振り払いなさいよ！」

「わかったよ。優雅に害虫駆除といこうじゃないか」

言うと、夜帳はデッキホルダーからカードを引き抜いた。

そして——一瞬にて、イビルハントを殲滅《せんめつ》するのだった。

◇

思わぬ助太刀で窮地を脱した咲奈は、早々に汚鼠街《おそがい》を後にし、誠背駅近くのコーヒーチェーン店を訪れていた。

咲奈、ミラティア、ルルナが並んで座り、その正面には夜帳に公安の少女。

それぞれドリンクを頼み、一息ついたところで公安の少女が口を開いた。

「はじめまして。私は公安部特殊異能課臨時特別部隊隊長、真昼美鈴《まひるみれい》よ――」

そして、滔々《とうとう》とここまでの経緯を語り始める。

臨時特別部隊の羽風真琴《はかぜまこと》が、駿と共に先ほど崩壊した研究施設を調べていたことから始まり、夜帳が特殊異能課の事務所を訪れたこと。そこで夜帳の話を聞き、咲奈の下までやってきたこと。

「萌葱さん。あなたは、この怪しい情報屋さんと知り合いなのよね？」

「知り合いってほどじゃないわよ。一度会っただけだし……駿の友達？　友達……よね」

美鈴の問いかけに、咲奈は首を捻《ひね》りながら答える。

咲奈からは友達のように見えるが、駿はそれを頑《かたく》なに否定しそうだったのだ。

「ふふ、友達なんて浅い関係じゃないさ。ボクたちの間には切っても切り離せない絆《きずな》がある。いうなれば盟友、かな」

「……………駿はあんたの話をするとすごい嫌そうな顔するわよ」

「う、嘘《うそ》……」

咲奈の言葉に夜帳はピシリと表情を固める。

「そんなわけないじゃないか。ねえ、恋人ちゃん」

「あなた、だれ」

「ふ、相変わらず辛辣だね、君は」

「む、あなたはお主人の敵なのでございますか……！」

徐々に余裕がなくなってきた夜帳に、ルルナはピコンと狐耳《きつねみみ》を立てる。

「そんなわけないじゃないか。駿のそれはあれだ、うん、照れ隠しというヤツだろう。まったく素直じゃなくて困ってしまうよ」

「駿が素直じゃないのは同意するけど……多分、あんたへの反応はガチよ。アイツに何したのよ」

「大したことはしていないさ。でも、ほら、気になる子には悪戯《いたずら》したくなるじゃないか」

夜帳は頬を赤くして、呟《つぶや》いた。

本当にイタズラ程度のものなのかは、非常に怪しいところである。

「んん、話を戻すわよ。萌葱さんはディアノートを持っているのかしら」

一向に話が進まない現状に痺《しび》れを切らし、美鈴が口を挟む。

「え、ええ。あるわよ」

咲奈はデッキホルダーから、［愚者］ディアノートを取り出した。

これは、シュヴァルベでバイトをしていた際、ミラティア、ルルナと共に転送されてきた一枚である。

「不躾《ぶしつけ》なお願いで申し訳ないのだけれど、返して……譲っていただけないかしら。これは真琴君のカードで私たちの大切な仲間なの」

咲奈は、手元のカードを見て一瞬逡巡《しゅんじゅん》する。

駿は運命シリーズを集めていると言っていた。現在は、［恋人］、［女帝］、［月］の三枚。今、手元には［愚者］がある。召喚こそしていないものの、念のために所有権は刻んであった。

だが、駿と真琴は協力関係にあったと聞く。

ここで咲奈が勝手なことをして波風を立てるのは愚策だろうか。

「……わかったわ」

「ありがとう。深く感謝するわ。萌葱さん」

咲奈は、［愚者］ディアノートの所有権を解除。

［愚者］のカードを差し出すと、美鈴はそれを大事そうに受け取った。

「じゃあ、本題に入ろうか」

夜帳は手元のコーヒーに、角砂糖を一つ、二つ、三つと入れていく。

「今から、ボクたちはオラクルの拠点の一つ、第二地帯研究所に乗り込む。そこに、駿と羽風真琴が捕らえられているはずだ。その研究所は少々特殊な場所にあってね、普通のやり方では侵入はおろか、辿《たど》り着くことすらできない。君たちは、ボクに深く感謝したまえよ」

夜帳が喋《しゃべ》り終わると、咲奈は「はい」と勢いよく手を上げた。

「そう、それよ。あなたがただの親切で私たちを助けてくれるわけないわ。何を企《たくら》んでるの？」

「企んでいるだなんて酷《ひど》いね。もう少しボクを信用してくれてもいいんじゃないのかい？」

「…………」

夜帳はおどけて返すが、咲奈は訝《いぶか》しげに夜帳を見つめる。

「はあ……一つは罪悪感だよ。今回駿《しゅん》が捕まったのは、ボクが余計なことをしたせいでもあるからね……ボクのせい、ボクのミスかな」

「夜帳殿の……あ！　お主人に出したあの手紙でございますか！」

「それって、鶴妓区《つるぎく》の港に行くように仕向けたヤツよね。でも、駿が捕まったのとは関係なくないかしら。誠背区《せいはいく》に行くことになったのは、羽風真琴って人の意志でしょ？」

ルルナはピコンと狐耳を立たせ、咲奈はそれを聞いて首を捻る。

「そ、それは……たしかに、そうでございますね」

「そこについては説明する気はないかな」

「…………」

「ボクが駿の下へ向かう理由の二つ目は、その研究所で回収したいものがあるから。人数が多い方が動きやすくなる。三つ目は、今、駿がオラクルに捕まるのは非常に困るから」

夜帳《とばり》はコーヒーを口に運び、一息つく。

「信じるか信じないかは君たち次第だ。ただ、ボクは一人でも研究所には行くよ。君たちに声を掛けたのは、むしろ善意だと思って欲しい」

「わたしは、いく」

「ミラちゃん……!?」

ミラティアは逡巡する間もなく、言った。

意外だった。夜帳のことを特に毛嫌いしている節があったからだ。

「この人類、うそはいってない、から。シュンが待っているならいく、よ」

「私も参ります！　お主人がいると知っていかない選択肢などありません！」

ミラティアに続いて、ルルナも迷わず、その意志を示す。

「ああ、もうわかったわよ。行くわよ、別に私も行くつもりだったわよ！」

夜帳は胡散臭《うさんくさ》いと思うが、駿の居場所を知っていると言われて断れるはずもなかった。

それに、ここまで回りくどいことをしてまで、咲奈たちを騙《だま》すメリットなど夜帳にはない。

「ふふ、そう言ってくれると思っていたよ。これで全員参加だね。作戦決行は明日のつもりなんだけど……そうだ、お弁当でも持っていくかい？」

「行かないわよ！　ていうか、結局どこにあるわけ？　その研究所とやらは」

夜帳はその質問を待っていましたと言わんばかりに、口角を上げる。

人指し指で真下を指し示し、言った。

「地球の最南端――南極だよ」

◇

――オラクル研究所。

髪は白く変色していて、顔つきもやや大人っぽくなっているが間違いない。

目の前の少女は、離れ離れになった駿の実の妹――桐谷《きりや》凜音《りんね》である。

駿は四年ぶりの再会に感極まって、凜音を強く抱きしめた。

「凜音……！　凜音なんだよな？　本物だよな？」

「もう、兄さんちょっと落ち着いてよ。偽物の私って何？　どっからどう見ても兄さんの妹の凜音だよ」

「よかった、よかった……！　もしかしたら、もう死んでるんじゃないかってずっと思ってて……」

オラクルという組織の名前も、そこに凜音がいるという情報も、駿が知ったのは最近のことである。セレクタークラスでも凜音は重要視されているようだったから、ありえないとは思いつつも、既に亡くなっているかもしれない……そんな疑念が過《よぎ》ることは何度もあった。

先日のチャンスアッパーの事件で、千世《ちせ》から凜音のことを聞いて多少の安堵感《あんどかん》はあったものの、やはり自分の目で見るまでは確信はできなくて。

「凜音……本当に生きててくれてよかった……！」

目端に涙を浮かべた駿は、目の前の妹を再び強く抱きしめた。

「もう、兄さん苦しいよ」

「わ、悪い……てか、凜音は割と冷静なんだな」

感動の再会であるはずなのだが、凜音の反応はあまりにも普段と変わらなかった。

駿が凜音を離すと、凜音は口元に手を当ててクスリと笑った。

「あれ、兄さんもしかして拗《す》ねてるの？」

「いや、そういうのじゃねえよ」

「ふふ、安心して、私はあれからずっと、ずーっと兄さんのことだけを考えて生きてきたんだから。兄さんと会うために、兄さんとまた一緒に暮らせる未来のためにずっと、ね」

「お、おう」

気のせいだろうか。久しぶりに会ったからだろうか。なんだか、凜音らしくない不穏とも思える雰囲気に若干気圧《けお》される。

だが、それも一瞬のこと。

「冷静に見えるのは、あれかな……私は兄さんと違って、兄さんが生きていることはわかってたからかも。オラクルから出ることはできなかったけど、兄さんのことは調べられたんだ」

「そっか」

「うん！　また会えて嬉《うれ》しいよ。兄さん」

そう言って、凜音は朗らかに笑った。

「あれが桐谷くんが捜してる妹さん……。こんな偶然があるんだね」

「桐谷凜音……彼女が」

駿の後ろで、真琴は温かい目で、ヘレミアは訝しむような目で凜音を見つめていた。

しかし、再会できた喜びで駿の胸はいっぱいだった。

話したいことや、聞きたいことが山のようにあるのだ。

「よし、ここから早く出よう。凜音」

「出る？　どうして？」

「は？　どうしてって……」

「兄さんは私に会いに来てくれたんじゃないの？」

感情の読み取れない平坦《へいたん》な声音で言って、凜音は顔を寄せる。

光の灯《とも》らない瞳で、ジッと駿を見つめた。

「ああ、ずっと凜音のことを捜してた。今日会えたのは偶然だったけど、いつか必ず迎えに行くつもりだったさ」

「うーん？　迎えに行く？　なんで？」

「は……？　なんでって、オラクルに囚《とら》われた凜音を取り戻そうって……」

「私、囚われてなんかないよ。自分の意志でここに居るんだもん」

「は……？　あ、ああ、そうか。オラクルに脅されてるのか。もしかして、この会話も聞かれてるとか？　安心しろって。俺が何とかしてやる。もう大丈夫だからな」

どうにも嚙《か》み合わない凜音との会話に、駿は早口で続けた。

妙な胸騒ぎを感じるのだ。ざわざと喉の奥が痒《かゆ》くなるような違和感がある。

「脅されてないよ？　必要だからここに居るんだよ」

「必要？　自分の意志？　んなわけねえだろッ！」

「私、兄さんに噓《うそ》なんてつかないよ」

「セレクタークラスで俺たちがどんな扱いを受けて来たか忘れたのか！　身体《からだ》を好き勝手

開かれて、望んでもない力を植え付けられて、どんどん仲間が減ってく極限状態の中、ずっと過ごして来ただろ！」

「懐かしいなあ。あの時は、兄さんと二人で楽しかったね」

「それがどうしてオラクルを必要だって話になるんだよ――ッ！」

駿は凛音の肩に手を置いて、声を荒らげる。

凛音は駿のその手を愛《いと》おしそうに包み込んで、微笑を浮かべた。

「兄さんはどうして外に行こうとするの？　外はすっごく危ないのに」

「何を言ってるんだ……？」

「セレクタークラスのこともね、必要だったんだよ。私にはどうしても力が必要だったの」

「意味わかんねえ……凛音も苦しそうにしてたじゃねえか」

「うん。その時は、まだ思い出してなかったから」

「思い出す……？」

全く会話が噛み合わない。

目の前の彼女は本当に凛音なのだろうか。

この四年間に彼女に何があったというのか。

「ごめんね、兄さん。すっごく辛《つら》い思いをしてきたよね」

これがスキルやスペルで生み出された偽物だというのなら話は早いが、違う。

抱きしめた時の体温、懐かしい香り、優しい声音。彼女の全ては本物だ。

「まだ会う気はなかったんだよ。本当はね、運命シリーズを全部集めてね、兄さんと幸せになる準備が整ってから迎えに行くつもりだったの。でも、我慢できなくて……えへへ」

そう言うと、凜音は花が咲いたような笑みを浮かべる。

交じりっ気のない笑みに、言い表しようもない齟齬《そご》を感じた。

まだ、目の前の凜音が偽物だと告げられた方が納得できるかもしれない。

「それとね、全部準備が整ってから迎えになんて言ったけど、よく考えたら兄さんにずっとオラクルに居てもらう方がいいかもしれないと思って……ほら、じゃないとすぐ危ないことするでしょ？」

「凜音が運命シリーズを集めてるのか？　オラクルの命令で……？」

「違うよ。私の意志がオラクルの意志なの。そうなったの」

「マジで意味わからねえ……本気で俺にオラクルに戻れって言ってんのか？」

「冗談で言わないよ。兄さんは何が不満なの？　また一緒に暮らせるんだよ」

「何だよ、この四年間で何があったんだよ……」

セレクタークラスで苦しむ凜音の姿をずっと見てきた。

度重なる人体実験。特に凜音は特別だったようで、その回数は多かった。

それでも明るく振舞おうとして、でも夜中にひっそり泣いていることを知っていて……凜音を慰めながら駿《しゅん》は何度も誓ったのだ。絶対にこの地獄から凜音を救い出して見せる、と。

それなのに、目の前の凜音はなんだ。

「こんなの想定できるかよ……本気で言ってんのか。自分の意志でオラクルにいるだなんて本気でッ！」

「私には［世界］が必要なの。ううん、私たちの幸せのために必要なんだよ」

「オラクルに何を言われた！　何を唆されたんだ！」

「唆されてなんかないよ。兄さんは何も知らないから言えるんだよ」

「……は？」

「［世界］の力も、この世界の秘密も、これからの未来も何も知らないから言えるんだよ」

「んだよ、それ……ッ」

凜音の言い草に、駿は奥歯を噛みしめ、グッと拳を握り込む。

「兄さんの分からず屋」

「分からず屋はどっちだよ！」

「ちょっと、やっと会えた妹でしょ。今は兄妹喧嘩《きょうだいげんか》なんてしてる場合じゃないって」

憤る駿の腕を摑《つか》み引き留める真琴《まこと》。駿はその手を勢いよく振り払う。今、駿の瞳には凜音しか映っていなかった。

「でも、いいの。兄さんはそのままでいい。私、がんばるから。兄さんが私をずっと守ってくれたから、今度は私が兄さんを守るの」

凜音は、カードホルダーから数枚のカードを引き抜き、掲げた。

「おい……凜音？」

「ごめんね、私はやっぱり兄さんと一緒に居たいから、力ずくで連れて行くことにするよ。それで二人でゆっくり話し合おう。そしたら、私が正しいって兄さんもわかるから――ッ！」

赤や銀色、金まで多彩な光を放ち、次々とライフが召喚された。

三つの頭を持った垂涎《すいぜん》する犬、全身が甲冑《かっちゅう》で覆われた騎士、腐肉を垂らして猛《たけ》るドラゴンゾンビ、半身を地面に潜らせる小さなサメ――黄金の光彩を放って召喚されたのは、髪が蠍《さそり》の尾のような形状を取った褐色肌の少女だった。

「ネームドライフまでッ」

「黄道十二宮のシリーズ、［天蠍宮《てんかつきゅう》］スコーピオね。やっかいだわぁ」

ヘレミアは、召喚されたレア度SSRの正体を看破する。

スコーピオを含めた、五体のライフの召喚。比べて駿は――。

「デッキはなくて、使えるライフは［女帝］ヘレミアだけ。いくらLレアの運命シリーズと言っても、［女帝］じゃ切り抜けるのは難しいよね。私は《傀儡《かいらい》》にはかからないよ」

［女帝］へレミアは強力なライフだ。

へレミアほど、高性能で、広く使える洗脳スキルは他にない。

ただ、状況が悪かった。

相手に最大限警戒された正面切っての戦闘では、その真価を発揮するのは難しい。

「本気で俺と戦うつもりなのか？」

「兄さんは、ここを出て行くつもりなんでしょ？　だったら、仕方ないよ」

「出て行くってか、一緒に抜け出そうって話だろ」

「同じだよ。それなら、ダメ。私は力ずくでも兄さんを引き留める」

「何でだ、どうしたらそういう……ッ」

念願の再会だったのに。

なぜ凛音《りんね》と戦わなくてはならないのか。

そもそも凛音を説得したとして、ここからどう逃げ出せばいいというのか。凛音の言う通り、この研究所が本当に南極にあるのだとしたら不可能ではなかろうか。

凛音は、オラクルに残ることを強く望んでいる。

自分の意志で運命シリーズを集めて、何かを成そうとしている。

「クソッ、どうすりゃいいってんだよ」

「抵抗しないでね。私、兄さんのこと傷つけたくないもん。そっちの人はどうでもいいけど」

凜音は真琴を見て、くすりと笑う。

召喚された五体のライフは、駿たちを追い込むようにジリジリと距離を詰めて来る。

「桐谷《きりや》くん、このままじゃまずいよ。桐谷くん……ッ！」

真琴の言葉に応えることなく、駿は目を伏せたまま強く拳を握っている。

そんな駿の尻をヘレミアは強く蹴り上げた。

「てえッ!?」

駿は慌てて振り返り、そんな滑稽な彼を見てヘレミアは小さく吹き出した。

「テメエ、今はふざけてる場合じゃねえだろ！」

「それは私のセリフよ。あなたは何を迷っているの？」

「何って、そりゃ……」

ずっと助け出そうと思っていた相手に、そんなことは望んでいないと突っ撥《ぱ》ねられた。

しかも、凜音は自分の意志でここに留《とど》まろうというのだ。

凜音が何を考えているのか、全くわからなかった。たった一人の兄だというのに。

「クソ……まるで助けなんて求めてねえみてえに向かって来やがる」

「助けを求められたから？　ぷ……あなたはそんな殊勝な人間じゃないわよぉ。望まれたから助けたいの？」

ヘレミアは、呆《あき》れたと嘆息する。

「あなたが助けたいと望んだんじゃないの？」

「それは……ッ」

その通りだ、俺が望んだ。

凛音に頭を下げられたわけでも、泣きつかれたわけでもない。

凛音を助けたいとは、酷《ひど》く傲慢で自分勝手な願いだったはずだ。

――俺がいつか必ずお前を連れ出してやる。こんなとこぶっ潰してやる。そんで、欠伸《あくび》が出るくらい退屈な日常を一緒に過ごすんだ。約束だ。

セレクタークラスで、そう凛音と約束したじゃないか。誓ったじゃないか。

「目の前の妹が正気に見える？　その先に、あなたが望んだ未来はありそうかしら」

ずっと夢見ていた凛音との平和な日常。

望んだのは凛音の無邪気な笑顔と、呆れたようなふくれっ面と。

でも――目の前の凛音はこんなにも冷たい目をしているじゃないか。

「腹立つな。お前にはっぱをかけられるのは」

「あら、酷い言い草だわ。悲しくて、悲しくて人形にしちゃいそうよ」

「でも、助かった」

「別にぃ。ここでオラクルに戻ったら、私がマスター側についた意味がなくなるもの」

駿は大きく息を吸って、吐く。

五体のライフの先、光のない瞳を揺らす凜音を見据えた。

「ヘレミア、《傀儡》はライフにも効くんだよな」

「正確にはネームドライフには、よ。自由意志を持たない通常のライフじゃ無理。機械に暗示なんて効かないでしょう？　それと同じよ」

「なるほど……」

となると、頼りはこの研究所に幽閉されてからドローした三枚のカードか。

「桐谷くん、これも使って。君なら一瞬で刻めるでしょ」

「助かる」

駿は真琴から同じく三枚のカードを受け取り、《限定解除《リミテッドアンロック》》のプレイヤースキルを使い、瞬時に所有権を刻んだ。

これで、ヘレミアを除いてカードは六枚。

と言っても、六枚ともランダムで排出されたカードでシナジーは皆無と言っていい。

加えて、使用できないカードが二枚。

一枚は獣種のライフ専用のスペルカード。

もう一枚は、レア度R機械種のライフカードだ。

ヘレミアも運命シリーズ共通のパッシブ、ユニティを持っている。これがある限り、駿はヘレミアと同種族、つまり精霊種以外のライフを召喚できなくなる。

実質、使えるカードは四枚。

「十分だな」

駿は手元のカードを見て、ほくそ笑む。

「今の状況わかってる？　大人しく投降してほしいな、お兄ちゃん」

「しねえよ。俺はお前との約束を果たすぞ、凜音！」

そう言うと、駿は条件を満たした瞬間にオートで発動するスペル――リザーブスペルを一枚セット。それは空間に馴染《なじ》むようにして、場に姿を隠した。

そして、更に武器や道具などの物質を顕現させるスペル――アームドスペルを発動。

Rアームドスペル【銀の剣】

赤い粒子が弾《はじ》けて、駿の手元にはシンプルな銀の片手剣が収まった。

「その棒切れ一本で戦うつもり？」

「さあ、どうだろうなッ」

駿が剣を構えると同時に、三首の犬が駆けてきた。

跳びかかる三首の犬をすんでのところで回避。続けて千歯《せんば》扱《こ》きのような牙を持つサメが迫る。腕くらいの長さのサメの牙と斬り合い、間髪容《い》れず突進してくる騎士による一閃《いっせん》を横っ飛びで避《よ》ける。

瞬《まばた》きの暇さえない猛攻。

ギリギリでも対応できているのは、通路の狭さ故のことだろう。

敵は五体と言っても、結局は一対一での戦闘となる。

「さっすが私の兄さん。強くなったね。妹として誇らしいよ」

後は、凜音が駿を殺す気がないのも要因の一つか。

殺すどころか、すぐに捕まえてしまおうという気もないようで、完全に遊んでいる。

しかし、それを油断だなどと言えない程の戦力差が二人にはあった。

五体のライフ。他にも凜音には使えるカードが五枚ある。

凜音はヘレミアの持つユニティを把握しているから、駿がその身一つで戦うしかないと知っているのだ。

「クソ――――ッ」

度重なるライフの猛攻。

駿の体力は徐々に削られ、防戦一方。

追い込まれた駿にスコーピオが迫る。蠍の尾のように伸びた髪。針のように鋭利なそれが駿の首元まで迫り――――動きを止めた。

ヘレミアがスキル《傀儡》を発動したのだ。

その効果は対象の洗脳。本来は時間をかけ、重ねて何度も発動することで真価を発揮する《傀儡》の一瞬の行使。戦闘中、正面切っての発動では洗脳に至らず——しかし、スコーピオの動きは制止する。

「やっぱり、この程度が限界ね」

その言葉の通り瞬く間。

しかし、その刹那の時間は、駿《しゅん》にとっては値千金の価値があった。

逃げはしない。剣を強く握りしめた駿はスコーピオの懐に潜り込み、腰から肩にかけて一閃——斬り上げた。

「あぐぅ——ッ!?」

スコーピオの後ろに、ライフたちは待機するように並んでいる。スコーピオが盾となり、他のライフが攻めきれないそのうちに、二枚のカードを取り出した。

銀の粒子が強く弾け——カードの効果が発動する。

「これで少しは可能性出るだろッ」

と。

凛音のライフが次々とその輪郭を崩し、淡い粒子となって消えていく。

残ったのは五体いたうちのたった一体。ドラゴンゾンビのみだった。

「ライフ強制解除のスペル——ッ」

「【白熱慈愛】――このカードを発動したプレイヤーと対象のプレイヤーのライフの数を少ない方に統一するベーシックスペルだ。俺のライフはヘレミア一体。凜音は五体。よって、差の四体のライフを指定し、召喚を解除する」

「驚いたよ、兄さん。でも、状況は大して変わらないと思うな。今のデッキじゃドラゴンゾンビ一体にも勝てないよ！」

凜音の号令に応じて、ドラゴンゾンビは身体《からだ》をブルブルと震わせる。すると、蝶々《ちょうちょう》の鱗《りん》粉《ぷん》が舞うように、ドラゴンゾンビの体から霞《かすみ》色の煙が噴き出し始めた。

ドラゴンゾンビのスキル《毒霧》。

体から経皮毒を噴出するスキルで、触れれば徐々に体に浸透し麻痺《まひ》状態を起こす。まさに、捕縛にうってつけのスキルである。

空気より重いその毒は、地面を這《は》うようにして駿に迫りくる。

「いいや、ソイツにだけは勝つさ」

しかし、駿はそれを意に介さず、銀の剣一本を握って駆ける。

毒霧を切り裂いて走り、ドラゴンゾンビの目の前に躍り出た。

全長三メートル。どちらかと言えばカバに近いような体軀《たいく》をしており、竜と考えれば小さな方だが、比較対象が人間であるならば十分に脅威である。その咬合力《こうごうりょく》は人の腕など優に嚙《か》み千切る程で、痛覚を忘れたドラゴンゾンビに怯《ひる》むという概念は存在しない。

「らあああああああ――ッ」

だが、そんなことは意に介さないと、駿は体が毒を認識する前にドラゴンゾンビの頭に剣を突き刺した。

「無駄だよ！　そんな低レアリティの剣一本じゃドラゴンゾンビは倒せないもん！」

腐肉を纏《まと》った竜の屍《しかばね》にレア度Rの何の効果もない剣では傷一本付けることはできない。剣は弾かれ、毒に痺《しび》れて動けない駿は戦闘不能になる――はずだった。

しかし、剣がドラゴンゾンビに僅かでも刺さった瞬間、その巨体は淡い光に包まれ形を崩していく。【白熱慈愛】でライフが召喚解除された時と同じだ。ドラゴンゾンビは凜音《りんね》のデッキへと戻って行く。

駿は毒でピリつく体を叱咤《しった》し、血を払うように剣を振った。

「どうして――ッ!?」

凜音は驚愕《きょうがく》に目を見開く。

後ろから駿を見ていた真琴《まこと》は、興味深そうに口を開いた。

「【白熱慈愛】を発動する時に、桐谷くんはもう一枚のカードを発動していたよね」

ほぼ同時のタイミングで連続発動。凜音が気づけなかったのは、二枚が同じレアリティであるため、発される光色も同じだったからだろう。

「俺が何でドラゴンゾンビを残したのか考えるべきだったな」

戦闘力、耐久力を考えれば、五体の内でもドラゴンゾンビはトップクラスだった。

それでも選んだ理由は――。

「ドラゴンゾンビの種族……ッ、死屍《しし》種、死霊種特攻を銀の剣に付与したの？」

「正解だ」

ベーシックスペル【聖水付与】――アームドスペルに死屍種、死霊種に外傷を与えた際、そのライフの召喚を解除するスペル。駿は、これを使って無能力の剣をアンデッドスレイヤーとも呼べる武器へと昇華させた。

「まあ、効果が発動するのは一度だけだけどな」

決して楽な条件ではなかった。

特定種族を対象とした効果を無効にするスペルは存在するし、そもそも駿が直接ドラゴンゾンビを斬りつけるのは相当なリスクだ。

「さすがに舐《な》めすぎだ。他のプレイヤーと戦う機会もねえんだろ。じゃなきゃ、なんのシナジーもないライフ五体放し飼いなんて戦法取れるわけねえ」

「ふふ、あははははッ！　楽しいね！」

「凜音……」

「いいよ、カッコいいよ。さすがだよ、お兄ちゃん！　あの劣勢の状態から、ここまで戦えるとは思わなかったよ。それだけ苦労してきたってことなんだよね」

凜音は更に五枚のカードを取り出すと、大口を開けて哄笑《こうしょう》する。

「安心してね、ちゃんと負かしてあげるからッ」

せっかく再会したというのに、時間が経《た》つにつれて凜音の面影と目の前の少女の姿は乖《かい》離《り》していって、それは駿にとっては耐え難く、悲しいことだった。

「こんなはずじゃなかったのに……ッ」

凜音はカードを掲げ、次々と新しいライフを召喚していく。

強固な鱗《うろこ》を纏い、巨大な口を開ける二足歩行のワニ。

揺れる体毛の一部が炎となった美しいオオカミ。

両手が肥大化した、二メートル近くあるテディベア。

「俺は、お前がここに居て……とても幸せそうには見えねえよ、凜音！」

そして、三体目のライフが召喚された瞬間、条件が満たされ、赤光と共にセットしていたリザーブスペルが発動する。

Rリザーブスペル【仕切り直し】

条件——プレイヤーが連続で三体のライフを召喚した時。

効果——そのプレイヤーとこのカードを発動したプレイヤーを半径三十メートル範囲内のランダムな場所に転送する。

よって、駿と凜音はこの戦場から離脱。強制的に戦闘終了となる。

その場しのぎの一手ではあるが、これが今の駿の最善手。

「わりぃ、真琴。なんとか逃げてくれ」

「僕のことは気にしないでいいよ。ごめんね、元はと言えば巻き込んだのは僕だ」

駿と凜音の体が淡い光に包まれる。

【仕切り直し】による転送が始まろうとしていた。

「兄さん、どうして私から逃げるの？　私、ずっと兄さんのことだけを考えて生きてきたんだよ。兄さんを傷つける全てを憎んで生きてきたんだよ」

凜音は同じく光に包まれるライフに号令を飛ばす。

三体のライフは駿に殺到し――。

「絶対に逃がさない。逃がさないからね――兄さん」

凜音の冷えた声音と共に、一瞬にして視界から消え去った。

◇

駿、真琴を奪還するための作戦を練った、その翌日――。

真夜中の零時半頃。

咲奈《さな》は、ミラティア、ルルナを連れて高菓区《こうかく》へ訪れていた。

高莱区は色藤島《しきとうじま》で最も栄えた区で、視界一杯に息苦しさを覚えるほどの摩天楼が展開されていた。中でも、この島最大の商業施設である高莱スカイタワーはよく目を惹《ひ》く。

先日、高莱スカイタワー屋上の空調設備が何者かによって破壊されていたというニュースが流れた。その日、屋上近くでは二頭の竜が目撃されたとかなんとか。

咲奈は、そのニュースを聞いて冷や汗をだらだらと流していたものだが、それももうすっかり思考の外で、次は別の問題に悩まされていた。

今回の目的地は、発展した街の外れ。

喧騒《けんそう》は遠く、薄暗い路地裏を通って──とあるカードショップに足を踏み入れる。

ここに来るのは二度目だ。

一度目は、姉の那奈《なな》捜索の一環で駿に連れてこられた時のこと。

「それも随分、昔のことに感じるわね」

無骨な鉄扉を押し込み、中に入る。

すると、既に咲奈たち以外のメンバーは集まっていた。

「ごめんなさい、待たせたわね」

「クク、よいよい。どうやら貴様には借りがあるようだしな。紅《くれない》の真祖たる妾《わらわ》の心は蒼海《そうかい》のように広いのじゃ」

二つに結われた月色の髪に、深紅の双眸《そうぼう》。ゴシックロリータのドレス。

カードで見た姿と一致する。彼女が［愚者］ディアノートか。

「よかった、よかった。日和《ひよ》って逃げ出したのかと思ったよ。萌葱《もえぎ》咲奈」

「開口一番がそれ？　あんたが友達いない理由がよくわかるわね」

挑発するように微笑を浮かべる夜帳《とばり》に、咲奈はベッと舌を出す。

ここは、夜帳が営むカードショップだ。

彼女曰《いわ》く、ここは選ばれし者のみがたどり着ける場所とのことだが、確かに咲奈たち以外の人の姿は見えなかった。

「これで全員揃《そろ》ったね。じゃあ、さっそく駿の下へ向かおうじゃないか」

夜帳は、咲奈、ミラティア、ルルナ、美鈴《みれい》、ディアノートの姿を確認して言った。

「向かうって……第二地帯研究所は南極にあるのよね。こんな所に集まる意味があったのかしら」

「おや、真昼《まひる》美鈴、君はもしかして飛行機でも使って移動すると思っているのかい？」

煽《あお》るような物言いに、美鈴の表情が一瞬不快感で歪《ゆが》む。

「南極は秘匿性の観点から考えれば、拠点を構えるにこれ以上ない場所だろう。だが、アクセスは異常に悪い。なんたってスペル＆ライフズの聖地たるこの色藤島からは距離がありすぎるし、渡航の手段も限られている。金もかかる。それでも、彼らが南極を選んだ理由は一つ。距離という概念が彼らにとって障害にはなり得ないからだ」

「まさか、転移装置でもあるって言うの？」

スペル&ライフズのカードの中には、転移系のスペルも存在する。

駿《しゅん》がミラティア、ルルナ、ディアノートのカードを送った【簡易テレポート】は記憶に新しい。

だが、数は少なく希少なカードだ。狙ったカードを引き当てることなど不可能なはずであるし、カードで毎回の移動を賄うのは不可能。

作り出したとでも言うのだろうか。チャンスアッパーやリセットスタンプを作ったように、転移装置さえも。

「いいや、いくらオラクルの技術でも安定した転移装置の開発には至っていないはずだ。少なくとも、今回は無理だろうね」

「今回……？」

「だからこそ、彼らはそれを成しえるカードの確保を最優先にしたのさ」

「クク……そうか、［皇帝］がいるのか。それならば、生き物であろうと、無機物であろうと、実質制限なしで転移を行使できるであろうな」

夜帳の意味深な言葉に、やけに芝居がかった口調で答えたのは眼帯を押さえたディアノートだった。

夜帳は、肯定を示すようにパチンと指を鳴らす。

「そう、［皇帝］リアリスステラのスキル《跳躍》。これを使ってオラクルは人員、物資の大規模な移動をノーコストで行っている。オラクルの核ともいえる一枚だ」

「えっと、つまり……私たちも同じように転移系のスペルを使って移動すればいいってこと？」

咲奈は、店内に並ぶ無数のショーケースに視線をやった。これほどの枚数があれば、条件に合うカードが一枚くらいは存在するだろうと考えたのだ。

しかし、夜帳は呆《あき》れたように息を吐くのみ。

「萌葱咲奈、君が相変わらずの阿呆《あほう》で安心したよ」

「あ、あ……っ!?　誰がアホの子よ！　ていうか、あんたそれくらい手に入れときなさいよ！　色藤島一の情報屋なんでしょ!?」

「約一万四千キロメートル離れた一度も訪れたことのない場所に、六人もの人を寸分違《たが》わない座標に転移できるような都合のいいカードがあるわけないじゃないか。それに、オラクル側も転移系のスペルでの侵入には対策しているさ」

「じゃあ、どうするってのよ」

「ボクたちも、《跳躍》を使えばいい——おいで、リリアン」

その《跳躍》を使えるというリアリスステラはオラクルが持っているという話ではなかったのか。

しかし、夜帳は、そんな浅はかな思考はお見通しだと言わんばかりの微笑を浮かべる。

カードホルダーから一枚のカードを引き抜き――発動。

弾《はじ》けるは神秘的な虹色の光彩。模《かたど》るは調和のとれた幼い人型。

肩口まで伸びた赤髪に、トパーズの双眸。髑髏《どくろ》マークがついた二角帽子に、赤と黒を基調としたコート。コートはその幼い体には大きいようで、手が見えなくなる程に袖を余らせていた。

「まーた、アタシの力が必要なわけぇ？　仕方ないなぁ、でも、足として便利に使われるのは、とばりんでも腹立つぅ」

少女よりは幼女に近い彼女の装いは、まるでバイキング。

リリアンと呼ばれた少女は、口元に手……というか袖をやってニシシと笑った。

「リリアン……この子が転移を使えるの？」

「うっわぁ、何この子、アホっぽい顔ぉ」

「あ、アホ……っ!?」

いきなりの暴言に、咲奈の表情がピシリと固まる。

しかし、彼女の興味はすぐに別のものへ移る。

「ていうか、［恋人］もいるじゃん。初めてみたよぉ。表に出てくるなんて珍しい」

「………………」

リリアンは、ミラティアに近づくと後ろ手を組んで興味深そうに見つめる。

当のミラティアは、無表情を崩さず言葉すら発さない。

「感じわるぅい。アタシが誰だかわかってる？　運命シリーズ二番、［女教皇］リリアン様だよ。アンタなんかアタシを前にしたら、全然無価値なの。わかるぅ？」

「……………そう」

リリアンのダル絡みに、やはりミラティアは微動だにしない。

「ミラちゃん、相変わらず強いわ……」

「私はぁ、スペル&ライフズ最高レアリティの運命シリーズ。その中でもさいきょーなの。私が居たらアンタらなんか虫けら同然なワケ！」

リリアンはない胸を張って、声を荒らげる。

それを看過できないと口を挟むのは、ディアノートだった。

「聞き捨てならぬな、［女教皇］よ。最強は闇夜に耀《かがや》く月色、紅の真祖たるこの妾に決まっているのじゃ。二番如《ごと》きが零番に敵《かな》うわけなかろう？」

「はあ？　頭悪いの？　そんな数字で決まるわけないじゃん」

「クク、愚かな。今ここで格の違いをみせてやってもいいのだぞ」

睨《にら》みあうリリアンとディアノート。その間で、不機嫌そうなミラティア。

まさに、一触即発の雰囲気だった。

そんな中。

「ここに集まった目的を忘れたのでございますか？　くだらないことで争っている場合ではないはずです」

「はぁ？　ハズレの雑魚は黙ってくれない？」

ルルナが仲裁に入るのだが、心無い言葉で一蹴されるのだった。

「ざ、雑魚……!?　る、ルルナは料理とか、マッサージもできるし……お主人の役に立っていますし……決してざ、雑魚などでは……っ！」

今にも泣き出しそうな様子であった。

すると、パンと乾いた音が響く。夜帳が手を叩《たた》いたのだ。

火花を散らしていたライフたちを含め、皆の注目が夜帳に集まる。

「四人もの運命シリーズが一堂に会することも中々ないからね。積もる話があるのはわかるけれど、同窓会はまた今度にしようか」

「はぁ？　話なんてないけど。元はと言えばコイツらがさあ――」

「リリアン」

「――ッ」

夜帳の腹の底に響くような声音に、リリアンは体を震わせる。

「……はいはい」と不満そうに口を尖《とが》らせ、夜帳の隣へ戻って行った。

「じゃあ、さっそくオラクルの下へ乗り込むよ。もちろん、ここに来るまでに覚悟は済ませてきたよね。萌葱咲奈に真昼美鈴」

「それはできてるけど……結局どうやって行くのよ。《跳躍》？って転移のスキルをその子も持ってるってこと？」

低レアリティのライフならば共通のスキルを持つカードも存在するが、かの有名な運命シリーズの二体が同じスキルだなんてことがありえるのだろうか。

「そうとも言えるし、そうじゃないとも言えるね」

夜帳は未《いま》だ気まずそうなリリアンに視線をやる。

「アタシのスキルは《簒奪《さんだつ》》。発動を見たスキルをパクれちゃうの。だからぁ、一度見たリアリスステラの《跳躍》も使えるってワケ」

「なにそれ、ホントに最強じゃない！」

「そうでもないさ。コピーしたスキルを無条件にストックできるわけじゃないし。どうしても本物より精度は下がる。それでも、今回の作戦には問題ないけどね」

「で、とばりん。もうやっちゃっていいの？」

「ああ、頼むよ。……と、その前に一つ。ボクたちは、共にオラクルの研究所に乗り込むわけだけど、目的はそれぞれ異なる。必然的に施設内では別行動をするだろう。けれど、色藤島《しきとうじま》に帰るにはリリアンの力が必要だ」

夜帳は二枚のカードを取り出し、発動。

青い光と共にピンポン玉くらいの大きさのうすピンクの塊が二つ現れた。肉のような赤色。薄く浮き出た筋は血管のようだ。

夜帳は、それを咲奈《さな》と美鈴に一つずつ渡す。

「何よ、この絶妙に気持ちの悪い塊は……」

一見すると内臓のようにも見えるそれには、生理的嫌悪感を覚える。咲奈は二本の指で摘《つ》まみ、まるで汚物を持つかのように顔から離した。

美鈴も咲奈と同じように、嫌そうな顔でその塊を見ている。

「発信機のような物さ。これで、ボクがいつでも君たちを迎えに行けるという寸法だとも。ああ、もちろん作戦が終わったら捨ててくれて構わないよ」

こんな呪物のような物を持ち歩きたくはないが、《跳躍》がなければ帰れないのならば仕方がない。南極に置き去りにされれば、死んだも同然である。

夜帳は人指し指を立て、更に言葉を続ける。

「さあ、行こうか。もう一度聞くよ、覚悟はいいかい？」

これから向かうのは、敵の本拠地だ。生きて帰れる保証はない。

もし、咲奈たちが捕まっても、助けに来られる者など居はしないだろうし、南極という およそ人類の生存圏から離れた雪氷の地で死に絶える未来も、決してあり得べからざるものではない。

しかし、夜帳《とばり》の問いかけに狼狽《うろた》える者など一人もいなかった。

「ええ、もちろんよ！」「ん」「はい、ルルナは絶対にお主人を御助《おたす》けしてみせます！」

「ええ、迷いはないわ」「クク、我が契約者を救うためだからな」

それを聞き届けると、リリアンは右手を掲げて祈るように瞳を閉じた。

「じゃあ――跳ばしちゃおーっと」

スキル《簒奪》にストックされた［皇帝］リアリスステラのスキル――《跳躍》が発動。

眩《まばゆ》いばかりの虹光が弾け、溢《あふ》れる。

咲奈は激しい輝きに両腕で顔面を覆い――しばらくして、恐る恐る瞳を開けると、そこはもう知らない場所だった。

数瞬前までは、ショーケースの立ち並ぶカードショップに居たはずが、目の前に広がるのは、L字形の白くどこまでも続く回廊。立ち並ぶ無数の扉。光は僅かな常夜灯のみで、薄暗い。消毒液の香りも相まって病棟のようだが……夜帳の話の通りだとすれば、ここはオラクルの研究室だ。

ただ、皆寝静まっているのか、人の気配は感じられなかった。

咲奈のように呆気《あっけ》に取られていたり、相変わらずの無表情だったり、その反応は様々だが七人全員無事に転移できたようだ。

「成功した……のよね？　なんか実感ないけど、ここが本当に南極なの？」

「ふむ。じゃあ、その壁の向こうに君だけ転移してみようか」

夜帳がすぐ後ろ、廊下の突き当たりを指差して首を捻《ひね》る。

すると、リリアンがヒヒと不穏な笑みを浮かべて、咲奈に手を翳《かざ》した。

「べ、別に疑ってるとかじゃないわよ!?　や、止《や》めなさいよ！　絶対にダメよ！」

「ルルナは知っています！　それはフリというヤツでございますね！」

「変なこと覚えなくていいのよ！　違うわよ！」

「萌葱《もえぎ》さん。ここは敵の本拠地よ。静かにして頂けないかしら」

場所が変わっても相変わらずの咲奈に、美鈴《みれい》が冷たく言い放つ。

居たたまれない咲奈は、「す、すみません……」と素直に謝って、縮こまった。

「では、各々勝手に動きたまえ。ボクもそうする。安心するといい、気が向いたら《跳躍》で迎えに行ってあげるから」

リリアンを引き連れた夜帳は、五人に背を向けて歩き出す。

「では、健闘を祈るよ——」

そう言って、夜帳はリリアンの《跳躍》を使って跳んだ——その瞬間、緊急事態を示す真っ赤なライトが点灯。けたたましいブザーの音が鳴り響く。

「何!?　気づかれたの!?」

「そんなはずないわ。だって、《跳躍》を使ったのよ……」

驚きミラティアに飛びつく咲奈（躱《かわ》されていた）に、口元に手を当てて考え込む美鈴。

《跳躍》で転移したタイミングでの緊急アラート。リリアンの《跳躍》を使ってもダメだったというのか。オラクルはそれほどの技術力を持っているというのか。

その答えは、無機質なアナウンスとしてやってきた。

――緊急事態発生。緊急事態発生。第二研究室倉庫に幽閉中の被験体二名が脱走しました。一部エレベーターを停止。当職員はこれを直ちに捕獲してください。繰り返します……。

「脱走……もしかして、お主人たちでございますか！」

「そうね、きっとそうよ！　あのバカがただでやられるはずないもの！」

ルルナはぱあっと顔を上げ、咲奈の表情にも活力が戻る。

駿《しゅん》の下には相棒のミラティアも、ルルナもなく、デッキすらも持っていない。加えて、駿は知らないかもしれないが、ここは人類の文化圏を大きく離れた雪氷の地。

それでも、あの駿が敵の思惑通りに収まるとは到底思えなかった。

「喜ぶべきかは怪しいところだけれど……私たちが動きやすくなったとも言えるかもしれないわね」

美鈴はデッキホルダーの中身を確認し、今日のために所有権を刻んできたであろう透明化のスペルを発動。美鈴とディアノートの姿は、景色に馴染《なじ》むように徐々に消えていく。

「クク……闇に同化する……」

「私たちは先に失礼するわ。定期的にスマートフォンは確認するから、何かあったら連絡をちょうだい」

「ええ、わかったわ。……ってミラちゃん？」

咲奈が心強いと首肯すると、ミラティアは既にとてとてと美鈴が向かうのとは逆方向に小走りを始めていた。リボンの装飾を揺らし、何かに導かれるように走る。

「シュンのにおいがする」

「ああ、もう！　相変わらずのマイペース！」

「ミラ殿お待ちを……！」

「ミラちゃんの《幻惑》がないと私たちすぐに見つかっちゃうわよおお！」

こうして、残されたルルナと咲奈は、慌ててミラティアの後を追うのだった。

◇

全身に軽い衝撃が走る。

視界は暗く、息苦しく、窮屈だ。

固い床にうつ伏せになっている？　重たい……何かに押しつぶされているのか。

しかし、致命的な重量ではない。駿を押しつぶすソレは柔らかいし、どこかいい香りがするのだ。なんとなく高貴というか、くらくらするというか。

「クソ……いったいどうなってんだよ」

妹の凜音《りんね》との再会。そして、戦闘。

駿は【仕切り直し】のスペルを使い、自分自身と凜音をランダムな場所へと転送した。

この研究所はどうやら南極にあるようで、半径三十メートル以内という制限では雪原に放り出される可能性もあった。その賭けには勝ったということだろうか。

それにしても。

「ここはどこ……あー……」

室内であることは間違いないだろうが、明かりがなく細部は確認できない。

うつ伏せの駿は匍匐前進《ほふくぜんしん》の要領で力ずくで這《は》い出る。

そして、顔を上げて……ゴミを見るような目でこちらを見るヘレミアと目が合った。

「そういうお年頃なのはわかるけど、本当に救いようがないわぁ」

どうやら駿はヘレミアの下敷きになっていたようで、駿はヘレミアのドレスの中からできた形になるわけで……弁解すべく必死に脳みそを動かした。

「……お前に乗られてたんだぞ。むしろ、被害者だと思うが」

「へえ、ふぅん。私、なんだかオラクルに戻りたくなってきてしまったわぁ」

「なっ、はあ!?」

「ここに脱獄者が居ますよー！　なんて、叫んでみるのも面白いと思わない？」

「……っ、コイツ」

ヘレミアは、怒りに震える駿を見て、ニヤニヤと口角を上げる。

「お前なっ……いちいち自意識過剰なんだよ！」

「そんなことないわ。あなたから、いやらしい視線を感じるもの」

「んな視線送ったことねえわ！」

「たまに、私の胸をちらちら見ているのにぃ？」

「み、見てねえよ!?」

胸元のはだけた服装だから、視界に入りやすいのかもしれないが、決してチラチラと見ているなんてことはない。ないはずである。ないと思う。

そのとき。

いきなり、外から真っ赤な光が差し込む。

そして、けたたましく鳴り響くブザー。

——緊急事態発生。緊急事態発生。第二研究室倉庫に幽閉中の被験体二名が脱走しました。一部エレベーターを停止。当職員はこれを直ちに捕獲してください。繰り返します……。

「ちっ、めんどくせえ」

駿と真琴《まこと》の捜索が本格的に始まったらしい。

凜音が何だかんだ見逃してくれるかも……なんて淡い期待はすぐに霧散する。

「はあ……興が醒《さ》めたわ」

ヘレミアは大きくため息を吐《つ》くと、近くにあった黒の天板の上に腰掛けた。

そろそろ目が慣れてきた。約十五メートル四方の一室。

同じように天板が取り付けられた台が二つ。それぞれ、部屋の端から端まで長く延びており、壁際にはガラスケースがびっしり並べられていた。理化学用品や、ラベルの張られた薬品が無数に収納されている。

「理科室みてえな場所だな……」

実際ここで行われている実験は、そんな生易しいものではないのだろうが。

駿はどうしたものかと、しばらく部屋を歩き回り……やがて壁に背中を預け、膝を立てて座り込んだ。

「……想像してた再会と違ったな」

薄暗い部屋の中、駿はぽつりと零《こぼ》した。

カードを掲げ、哄笑《こうしょう》する凜音の姿を思い出す。

それが、記憶の中にあった無邪気な笑みを浮かべる妹の姿とどうしても重ならなかった。

「尊く感動的なものだとでも思っていたの？　お兄ちゃんが助けに来てくれたことに泣いて喜んで、抱きしめ合って……なんて」

天板に座るヘレミアは、脚を組み直して言った。

「そうかもな。でも、四年も経《た》ったんだ……そりゃ、凜音にも色々あったんだろうさ」

駿だって四年前の自分と同じかと言われればそんなことはなくて、それは鶺鴒《せきれい》との出会いだったり、高校に通い始めたことだったり、ミラティアと一緒に過ごしたり……様々な変化があった。

凜音を救いたいという目的は変わらず持っていたつもりだが……駿が凜音を変わったと思うように、凜音も駿の姿に違和感を抱いただろうか。

「でも、凜音と戦うことになるとは、思ってもみなかったよ」

「迷っているの？」

「迷っては……ない。お前に言われた通り、凜音を救いたいってのは俺が望んだことで、そこは疑っちゃいけないと思う」

理屈では、そうだとわかっている。

ここで、うじうじと悩んでいても状況は何も進展しない。

「でも、凜音の言ってることが何一つ理解できなかったんだ。追い詰められたような顔で、幸せのためだって力を振るう凜音が、何を考えてるのか全然わかんねえ」

昔は、妹の気持ちなど手に取るように理解できていた気がする。

凜音も駿のことをわかってくれていて、しょうがないなあ、なんて言って笑って。

「四年なんて一瞬で埋まると思ってたんだなあ……」

立ち上がったヘレミアは、カツカツと靴音を鳴らしてこちらへやってくる。

腕を組んだヘレミアは、駿を見下ろして仁王立ちをした。

「別に悲観的になってるわけじゃねえぞ。こんな形でもやっと会えたんだ。ちゃんと前進してる……ただ……」

ただ……なんだろうか。このやるせなさは。

理屈ではわかっているのに。くよくよするな、考えても仕方がないことは考えるな、迷うくらいなら全力でぶつかってこい……そう言い聞かせているはずなのに、駿の心はやけに凪《な》いでいて、炎が燃え上がる隙などどこにもありはしない。

「ただ……」

消え入りそうな声でぽつり。

「色々しんどいな」

駿は口を衝《つ》いて出た言葉を飲み込むように、慌てて口を塞ぐ。

「わりぃ。忘れてくれ」

イレギュラーが重なり過ぎた。

調子に乗って油断していたら、足を掬《すく》われて檻《おり》の中。

認めたくはないが、一番堪《こた》えたのはミラティアと離れ離れになったことか。いつもベタベタとくっついてくるミラティアを仕方のないヤツだなんて思っていたものだが、その実、自分が思っていた以上に彼女へ依存していたらしい。

ミラティアと出会ってから見なくなっていた悪夢に、ここに来てからは毎日襲われた。

ミラティアの存在にどれだけ救われていたか。

ここまで折れずにやってこられたのも、彼女が隣に居たからだった。

彼女は非常に聡《さと》いから、駿の様子が少しでもおかしければ、寄り添ってくれた。

きっと、駿が自覚していないような些細《ささい》な変化にも気づいて、助けてくれていた。

「くそ、甘えすぎだろ……っ」

いやいや、何を悲観的になっているのか。

とりあえず、立ち上がろう。立ち上がってここを出て——なんて己に言い聞かせていると、ヘレミアがそっと隣に座ってきた。足を畳んで、同じように壁に腰を預ける。

「なんだか……気が抜けるわぁ」

思い詰めた顔で拳を握る駿の隣へ座ったヘレミアは、ふうと息を吐いた。

すかした態度が鼻に付く。たしかに、それなりに力は持っているようだが、全てが自分の望んだとおりになるとでも言わんばかりの言動は非常に腹立たしかった。

だが、今隣で項垂《うなだ》れる少年は、キリングバイトで見た駿《しゅん》と比べて、一回りも二回りも小さく見える。

彼はセレクタークラスで過ごしてスペル&ライフズの闇もたくさん見てきたはずだが、根っこは純粋なようで、こうして悩んでいるのも色々なものが諦めきれないからに他ならないだろう。

もっと楽な生き方もできるだろうに、駿はどこまでも自分に厳しい。

そして、何だかんだ他人に期待はしているようで……それは、ヘレミアの目には優しさと映った。

「ちょっとだけ昔話をしてあげましょう」

脈絡のない語りに戸惑う駿。

ヘレミアは気にせずに話を続けた。

「ライザはね、その称号の通り太陽のような子だったわ」

「[太陽]ライザ。ヘレミアが捜してるってライフだよな……？」

「当時の私はすごく引っ込み思案で……ライザは、そんな私をよく引っ張ってくれた。守ってくれた。唯一の友達だったの」

引っ込み思案というワードがあまりにも今のヘレミアと乖離《かいり》していたからか、駿は微妙な表情を浮かべている。

でも、本当のことだ。

ヘレミアは自分に自信がなく、自分の気持ちを表に出すのも下手で、当時のマスターにはよくどんくさいと揶揄《やゆ》されていた。

ヘレミアとライザは、当時のマスターと共に大きな屋敷に住んでいた。

生活するのに何一つ不自由はなく、しかし、自由はなかった。

外に出るのは、マスターが運命シリーズのライフとしての力を望んだ時のみ。

マスターはヘレミアとライザに体《てい》のいい戦力以上の感情を持ち合わせていなかった。便利な道具だとしか思っていなかった。対等だとは思われていなかった。人だとは思われていなかった。マスターにとっての不都合の全ては、ヘレミアとライザのせいだった。

ただ一人。ライザだけが、ヘレミアの話し相手で、心の支えだった。

ライザはお日様のように温かくて、彼女の向日葵《ひまわり》のような笑顔は、今でも鮮明に思い出せる。

『ヘレミア！　そんな顔してたら幸せが逃げてしまうよ！』

『幸せって……こんなところで何を……』

『なぬ？　幸せなんてないと申すか！　じゃあ、私がわけてしんぜよう！　うりうり～』

『ちょ、やめなさい、ライザ！　苦しいわ……は、恥ずかしいしぃ』

『やめてほしければ笑うがよい！　ふっはっはっは！』

『脅迫？　無理やり笑っても意味ないわよ、それで幸せになんて……』

『なれるよ。笑顔を絶やさなければ自然と幸福も湧き出てくるというものさ！』

『……ライザ。申し訳ないと思っているわ。私がもっとちゃんとしていれば……きっと』

『なんでヘレミアが謝るのさ！　別に辛《つら》いことなんてないよ！　いや、あるな……っ！

ヘレミアが罪悪感で押しつぶされそうな顔をしている！　それが一番辛い！』

どんな状況でも笑顔を絶やさず、弱音など聞いたことがなかった。

いや、聞いてあげることができなかったことこそが、ヘレミアの弱さか。

「彼女と出会えたことは何物にも代えがたい幸運だと思うけれど、マスターには恵まれなかったわぁ。殴る蹴るは当たり前、ことあるごとにライフのクセにご主人様に盾突くなと理不尽に罵られ、私を庇《かば》ったライザは特に酷《ひど》い目にあっていた」

当時のマスターはどこぞの令嬢で、まさにヒステリックを絵に描いたような女性だった。

他人を慮《おもんぱか》ることなど知らないようで、いや、ライフを人だとは認めていなかった故の態度か。いずれにせよ、碌《ろく》な人間ではなかった。

なんて、今だから言えるが、当時は彼女が初めてのマスターで、ヘレミアにとって初めて深く関わった人間であったから、ライフとプレイヤーの関係とはこういうものだと半ば諦めていた。

「運命シリーズは、その使い手を自分で選ぶはずだ。そいつの下を去ることもできたんじゃねえのか……？」

「それは無理ね。召喚してすぐ、ライザにはとあるアームドスペルが付けられたの。プレイヤーの意志で激痛を与える首輪よ。だから、ライザも私も何もできなかった」

「……そうか。そんなことがありゃ……そう、考えるよな」

「プレイヤーを、人間を憎むのも理解できると？」

「……ああ」

痛ましそうに目を伏せる駿がなんだかおかしくて、ヘレミアはふと表情を崩す。

「ふふ、ライザは自分のことは気にせず、マスターの下を去っていいと言ったわ。でも、そんなことできるわけがない。違うわね、私には、その痛みを肩代わりする勇気も、ライザに嫌われる勇気もなかったのよ」

ヘレミアは一度でもその首輪を自分が引き受けるとは言わなかったし、元マスターに強く逆らうこともできなかった。弱い、反吐《へど》が出る程の弱者だった。

――ライフ如《ごと》きが人間に盾突くんですか？　あなたは私の道具なんです。道具が意志を持ってはいけません。道具がご主人様に口答えするなんてあってはならないんですよ。

――あなたがそう言うのなら、代わりにライザに罰を与えましょうか。私はそれでもいいですよ？　ああ、可哀想《かわいそう》なライザ。［女帝］が無能どころか、意気地なしだったばかりに……。

――何度も言っていますよね？　あなたは何も考えなくていいんです。ライフなんですから。私の言葉が全て正しい。はい、復唱してください。

ヘレミアの脳内で、ずっとあの女の声が響いている。

もう、昔の無力な自分とは決別したはずなのに。

もう、全てを割り切ったはずなのに。

「元マスターもね、運命シリーズを集めていたわぁ。［世界］のことを知っていたかはわからない。ただの収集癖だったのかもしれないけれど……それで、オラクルに目を付けられた」

「負けたんだな。オラクルに」

「ええ」

「それで、ヘレミアはオラクルに奪われて……」

話していて疑問に思ったのか、駿は言葉を止める。

同じプレイヤーの下に居たはずの、［太陽］ライザはどこへ行ったのか。

「屋敷がオラクルに襲撃されて、もちろん元マスターは抵抗した。でも、結局敵《かな》わなくて、ソードのプレイヤー数人に囲まれて……ねえ、彼女は最後の抵抗に何をしたと思う？」

何も考え付かずか、答えに思い至った故か、駿は「何をしたんだ……？」と静かに聞き返す。

「自分の手で、後ろからライザを刺し殺したの」

アームドスペルですらない、護身用に持っていたナイフで背中から一突き。

ライザの心臓を捉え、刺し殺した。

「……は？」

例外もいるが、精霊種と言えども耐久力は普通の人間と変わりない。少なくとも、ヘレミアも、ライザもそういうタイプだ。

血は出るし、痛みは感じるし、自我が消滅する――死への恐怖はある。

作り物の映像のようにそれっぽく散る鮮血と、振り返ったライザの唖然《あぜん》とした表情が忘れられない。自分に何が起こったのか理解できないと、ポカンとしていた。

地面に横たわって吐血するライザに慌てて駆け寄って、抱き起こして。

『ねえ、へレミア……大丈夫よ』

『喋《しゃべ》らないで！　大丈夫だから……なんとか、なんとかするから……』

『私、は……ね、ぁ――』

こんな時でもライザは笑って、何かを伝えようと必死に口を開いて。

結局、最後の言葉は聞き届けることができなかった。

彼女が最後に何を言おうとしたのかは、永遠にわからないままだ。

「オラクルに奪われるのがよっぽど気に喰《く》わなかったのね。破棄されて、アセンブリデッキに戻ってしまえば、オラクルは手出しできないもの」

「ライフとか、人間とか以前の問題だろ、それは。腸《はらわた》が煮えくり返りそうだ……ッ」

駿は強く拳を握って、床に叩《たた》きつけた。

「なあ、そのプレイヤーは今どこに――」

「死んだわ」

「――ッ」

「私が殺した」

ヘレミアがオラクルに入って最初にしたことが、それだった。

彼女の屋敷の人間を《傀儡《かいらい》》で全て手中に収めて、楽々侵入。

彼女がライザにしたようにナイフを使って、心臓を一突きにした。今思えばバカらしいが、彼女が使ったナイフを調べて、同じ物を手に入れた。

「何も感じなかったわぁ。本当に何も……」

憎くて、憎くて仕方がなかった。

殺してしまえば、心が晴れやかになるだろうと思っていたわけではないが、ヘレミアに心境の変化はなく、虚《むな》しさもなく、心地よさもなく……それはきっと、本当に憎かったのは弱かった自分自身だったからだろう。

憎かった彼女は、しかし、ヘレミアの中では強さの象徴ではあった。

強くなろうとした過程で、彼女の口調が少し移ってしまったのはそのせいだ。

「だから、プレイヤーは嫌い。人間は嫌い。私は、ライフが自由に生きられる世界を求めて、運命シリーズを集めることにしたの」

オラクルに所属しながら、その機会を虎視眈々《こしたんたん》と狙っていた。

《傀儡》で那奈《なな》を隠れ蓑《かくみの》に、水面下で戦力を拡大させていた。

来たる日に、その力を使えるように。

「ライザが安心して笑顔で生きられるような、そんな世界にするのよ」

「ヘレミア……」

「まあ、どこかの誰かさんにバカらしいと鼻で笑われて、全部壊されちゃったけど」

「いや……別にそういうつもりじゃ……」

「よかったのよ。それで」

本当は心の何処《どこ》かでわかっていた。

別に全ての人間が悪ではないことも。

逆に全てのライフが正しいわけではないことも。

もし、願いを叶《かな》えてそんな世界ができたとしても、満たされはしないことも——。

「ただの子供じみた八つ当たりだもの……」

もう、ライザは死んでしまった。

取り返しがつくことなど、取り戻せるものなど何一つとてありはしない。

ただ、彼女を不幸にした全てに当たり散らしてやりたかったのだろう。自分自身も含めて。

だから、駿《しゅん》に敗れた時、少しだけ心が軽くなったような気がしたのだ。

「でも、私を憶《おぼ》えていなくていいから……ライザにはもう一度だけ会いたいのよねぇ」

部屋の前の廊下を、オラクルの職員と思われる人らが走り抜ける。

緊急事態を知らせる赤いランプは、まだ消えないままだ。

「なんで……今、俺に話したんだ？」

「ねえ、恋人はあなたにとって何？」

ヘラミアは駿の疑問には答えず、質問を重ねた。

「何って……」

駿は、これが余程大事な質問だと捉えたのか深く考え込む。

「ミラは……相棒、かな」

言って、あまりしっくり来てないのか、首を捻《ひね》っている。

友達はもっと遠いし、家族？　うーん……なんて呟《つぶや》いては、また首を捻る。

「ライフなのに？　それとも、ライフだから大切なの？」

「はあ？　見た目なんて、人間と変わりない……いや、可愛《かわい》すぎるってのはあるかもしれないけど、人間かライフかなんていちいち考えねえよ」

駿が普段と変わらぬ仏頂面で言うものだから、あんまりにもおかしくて、ヘレミアはきょとんと目を丸くする。そして、破顔。

「ぷ、なにそれぇ。可愛すぎるって……本当に頭がおかしいのねぇ」

「……失言した。今のはミラに内緒にしておいてくれ」

恥ずかしいのか、駿は膝を抱えて顔を伏せた。

それを見て、ヘレミアはくすりと笑う。

「さて、どうしようかしら」

ライフを使役する人間の方が上か、優れた能力を有するライフが上か。

人間を否定したいけれど、何よりも人間に認められたかった。

きっと、ヘレミアはヒトになりたかった。

その境目が恨めしかったのかもしれない。

「世界が変わったところでテメエが変わらなきゃ今と同じだよ」

「あ？　なんだそれ」

「キリングバイトの地下闘技場で戦った時、あなたが私に言ったのよ」

覚えてねえ、と駿は小恥ずかしそうに頬を掻《か》く。

桐谷《きりや》駿。彼が今のヘレミアのマスターだ。

ぶっきらぼうで、すかした態度が腹立たしくて、強くて……多分、あまり強くない。

周りを顧みない強さを持った少年だと思ったものだが、近づいてみると案外普通の男の子で、普通に傷ついて、普通に凹《へこ》んで、でも、妥協の仕方は知らないようで。

どうやら、ヘレミアが嫌いな人間とは少し違う人種らしい。

「私が変われば、きっと世界は変わるのね」

膝立ちをしたヘレミアは、駿の正面に回り込む。

そして、彼の頭を引き寄せて、ゆっくりと抱きしめた。

「あなたの恋人の代わりにはならないけど、少しくらいは頼ってくれていいのよ」

ぎゅっと、慈しむように、言い聞かせるように、頭を撫《な》でる。

「ちょ、な……っ、ヘレミア?」

驚きからか、恥ずかしさからか、悶《もだ》える駿。

ヘレミアは、そんな彼に抵抗を許さず、優しく抱きしめ続けた。

駿も抵抗を止《や》めて身を委ね始めて、しばらくして解放してやる。

「ふふ。はい、終わりぃ」

顔を赤くした駿は心底気まずそうで、中々目を合わせてくれない。

「ど、どういうつもりだよ……」

「マスターがうじうじ悩んでて頼りないから、慰めてあげたの。今回だけよぉ」

ヘレミアは口元に人指し指をやって、艶《あで》やかに笑った。

立ち上がって、大きく伸びをする。

駿もそれに続いて立ち上がると、ぴしゃりと両頬を叩く。

馴《な》れないことをした甲斐《かい》もあって、駿は覚悟の決まった強い目をしていた。

「悪い。もう、弱音は吐かない」

「はいはぁい。プレイヤーがみんなクソ野郎じゃないってこと、証明してみせなさいな」

「おう、任せろ」

ヘレミアはガラス窓から、廊下の様子を覗《のぞ》く。

見える範囲に人はいないが、まだ警戒態勢は解かれていない様子だ。

「で、これからどうするのぉ？」

「理想は凜音《りんね》を引き入れて、一緒に帰ることだが……最低でもこの研究所は脱出しなきゃなんねえ。ていうか、お前ここが南極だって知ってたんじゃねえの？」

「南極にも拠点があることは知っていたけど、ここがそうとは知らなかったわよ」

「なるほど。じゃあ、帰り方もわからねえか」

「ええ。でも、何らかの転送装置を使って色藤島《しきとうじま》と行き来をしてるとは思うわ」

「俺もそう思う。まずは、それを探すことが先決か。あとは、カードの補充もしたいところだな」

駿は腰元にカードホルダーがないことを確認して、言った。

《限定解除《リミテッドアンロック》》を持つ駿は、スペル&ライフズに関する時間的制約を受けず、所有権も一瞬で刻むことができる。ただカードを見つけさえすればいい。場所も場所であるし、そう考えれば、難しいことでもないだろう。

「いくぞ、ヘレミア」

「はい、はぁい。マスター」

駿は外を探りながらゆっくりとドアを開け、部屋を後にするのだった。

Phase.4 進化する純白―悠久の花嫁 Spell and Lifes

男はオラクルのワンドに所属する研究員だった。

本土のとある理工系の大学院を修了した後、この第二地帯研究所で働くこととなった。

お世話になった教授に紹介され、なんの疑いもなく就職を決めたのだが、違和感と不穏感だらけの企業だった。ブラックかと問われれば、研究者の待遇としてはむしろいい方で、給料も同年代に比べても高い。

ただ、問題がないかと言われればそんなことはなく、第一に勤務地がおかしい。

南極支部。

初めて聞いた時は耳を疑った。普通にジョークだと思った。

海外転勤なんてレベルじゃない。言語の問題以前に人間がいない。

第二に、闇が深すぎる。

地下二階に当たり前のように実験体として連れて来られた人間がいる。

当たり前のように人体実験が行われている。

それを告発しようとした同僚が、次の日には消されていた。転勤しました、なんて説明されたが、あまりにもタイミングが不自然過ぎた。守秘義務は絶対に守ろうと固く心に誓った。

しかし、住めば都とはこのことで、好きなだけ研究に没頭できる環境は悪いものではなかった。友人もおらず、家族とも疎遠になっており、研究以外に趣味と呼べる趣味もない。衣食住が揃《そろ》っていれば、南極であろうが何一つ問題なかったのである。

倫理観などという曖昧な尺度で規制を敷かれた本土に比べて、ここは自由だ。

「それがなんでこんなことに……もうほっといても問題ないと思いますけど」

緊急事態を示す真っ赤なランプが点灯。定期的に機械的なアナウンスが流れる。

真夜中だというのに叩《たた》き起こされた男たちは、非常に不機嫌そうである。

地下一階に幽閉していたプレイヤーの少年二人が脱走したらしい。

しかし、ここは南極だ。どこに逃げ出そうというのか。

「なあ？　そっち見つかったか？」

「いや、いねえなあ。てか、捜す必要あるか？　どうせ逃げ場なんてねえだろ」

同僚たちも捜索に乗り気ではないようだ。

一部警備のための人員もいるものの、この第二地帯研究所内のほとんどは研究者だ。荒事は得意ではなく、プレイヤーではない者も多い。

「私はもう少しこちらを捜してみますね」

事態が収まるまで休憩していよう。幸いこの研究所は無駄に部屋が多いから、サボっていても見つかることはないだろう……そう決めて、男は同僚たちと逆方向に歩を進める。

それが間違いだった。

「うがぁ――ッ!?」

突如、後頭部に衝撃が走る。

と思ったら、口を布で塞がれ地面に組み伏された。

じたばたと藻掻《もが》くが、引きこもり研究者の抵抗に意味などないようで。

「おい、暴れんな。ちょっと話聞きたいだけだからよ」

首だけ振り返り、確認すると黒髪の少年と、豪奢《ごうしゃ》なドレスを着た女性がいた。

ああ、これが脱走したという少年か……呑気《のんき》にそんなことを思いながら、男の意識は暗転した。


部屋を出た駿《しゅん》は、身を隠しながら研究所の探索を続けていた。

しかし、今のところその成果はゼロ。

わかったことと言えば、まだ真琴《まこと》も捕まっていないことくらいと、捜索するオラクルたちは案外やる気がないということくらいだ。この南極では逃げ場もないと思っているのか、研究者の性質ゆえか、またその両方か。

そこで、駿はヘレミアの《傀儡《かいらい》》を使って情報を聞き出すことにした。

ぼんやりとした冴《さ》えない細身の研究者を発見。

背後から忍び寄り楽々拘束すると、そいつを引きずって近くの部屋に逃げ込んだ。

先ほどの部屋の三分の一程度の小さな一室。ここはどうやら資料室のようだ。図書館のように列で並べられた棚に、ファイルがぎっしりと詰められていた。

研究日誌や、名簿が日付順、番号順に並べられている。職員の几帳面《きちょうめん》な性格が窺《うかが》えた。

「ヘレミア、《傀儡》を使えば言うこと聞かせられるんだよな？」

駿は男の首から、念のためにＩＤカードを拝借する。

エレベーターを使うのには、これが必要だったはずだ。

「目的が情報を聞き出すくらいなら問題ないわよぉ。でも、相手に違和感を抱かせない程の丁寧な暗示は日を跨《また》ぐくらい時間をかけないと無理」

短時間で強行する場合、相手の意識と綱引きをするような状況になるらしい。

比べて、時間をかけてじっくり《傀儡》を使えば、相手の方からその綱を委ねてくれるようになるのだとか。

「オーケー、それで十分だ。頼む」

「はい、はぁい」

ヘレミアは男の頬を叩いて、意識を起こす。

そして、額に手をかざすと、スキル――《傀儡》を発動。

男の体がビクンビクンと震え、やがて操り人形の糸が切れたかのように弛緩《しかん》する。

「多分大丈夫よぉ。ワンと鳴きましょうか？」

「……ワン」

「毎回それやるのな……」

「わかりやすくていいじゃない。ほら、あまり長くは持たないから早くして頂戴」

駿は「はいはい」と呆《あき》れた返事をして、男の目の前にしゃがみ込む。

「ここには色藤島に繋《つな》がる転送装置か何かがあるはずだ。どこにある」

「そ、そんな物知りません」

「はあ？　じゃあ、お前はここまでどうやって来たんだ」

「普通に飛行機と船で……」

《傀儡》は発動している。嘘《うそ》は言っていないはずだ。

「どういうことだ？」

「この男がよっぽど下っ端なんじゃないかしらぁ？　見たところプレイヤーでもないようだし、大した情報を持ってないのかも」

「もっと立場強そうなヤツ捕まえて来るべきだったか……」

転送装置があったとして、使うのは頻繁に色藤島と研究所を行き来したい者のみ。

少なくとも、プレイヤーを選んで拘束するべきだった。

綾葉《あやは》の態度を見るに、燐胡《りんご》は高い地位にいるようだが、今から彼女を探し出すのは骨だ。それに、まともにカードがないこの状況で、プレイヤーと対するのは避けたかった。

「私は使ったことないですけど……そういうライフがいるという話は聞きました」

「ライフ……？」

「なるほどねぇ、転移装置なんて私も聞いたことがなかったけれど、オラクルはまだ開発できていないんだわ」

首を傾《かし》げる駿に、意味ありげに呟《つぶや》くヘレミア。

「どういうことだよ」

「これはちょーっとやっかいかもしれないわね。オラクルは、とある一ライフのスキルを使って、色藤島とここを繋げているのかもしれない」

「ライフのスキル？　それだけで、移動の全てを賄うのは無茶だろ」

「それが可能なライフがいるのよ」

「まさか、運命シリーズ……？」

「ええ。運命シリーズ四番、［皇帝］リアリスステラ。恐らく、オラクルには彼女がいるわね」

「と、なるとまずいんじゃないか……？」

現状の戦力では、リアリスステラを奪うことは不可能。

転移系のスペルを自引きするのも現実的ではない。

オラクルが用意しているであろう、サブの移動手段を探すしかないだろうか。移動手段を全てリアリスステラに頼り切りだとは考えづらい。転移系のスペルカードを何枚か備えているはずだ。

「そうだ、もう一つ気になってることがあった。なあ、ネームドライフの進化について何か知ってるか？」

――最近は、ネームドライフの進化について研究してるっス！

燐胡の言葉を思い出して、問う。

「そういう研究をしてる部署もあるとは聞いています。でも、詳細については何も知りません」

男は、そう言って頭を振る。

ヘレミアに視線をやっても、同じような反応が返ってきた。

「聞いたことはあるけれど、噂話《うわさばなし》程度よ。条件もわからないし、本当にあるのかさえも怪しい……けれど、オラクルがわざわざ研究してるということは、何か根拠があるのかもしれないわねぇ」

「そうか。進化……なんか引っかかるんだよな」

ヘレミアは、「そんなことより、ここから脱出する手段を考えましょう」と言って。倉庫のファイルを漁《あさ》り始めた。

「ああ、そうだな」

「カードファイルもあるわねぇ。ここに運よく転移系のスペルカードがあるといいけど」

駿も戦力増強を含めてカードファイルを確認しようと手を伸ばし、隣に並べられたとある報告書に視線を奪われる。

――無能世代《タレントエラー》の副作用及び、拡張スキルの一覧。

ＰＳＡ計画の中で、プレイヤースキルに適合できなかったプレイヤーが無能世代《タレントエラー》と呼ばれる。無能世代《タレントエラー》は、それぞれプレイヤーの権能に関するペナルティが恒久的に科される他、身体的、精神的な副作用が現れる。

セレクタークラスの中の不適合者に加え、セレクタークラスに加わることさえできなかった落ちこぼれプレイヤーも、無能世代《タレントエラー》に該当する。

駿は報告書を捲《めく》りながら、顔を顰《しか》める。

特にセレクタークラス未満のプレイヤーの扱いは酷《ひど》かったようで、それは綾葉の話を聞いてなんとなく想像できた。

――私たちの屍《しかばね》の上に鎮座する王として、あなたは戻ってきたんです。

綾葉の言葉が脳内で反芻《はんすう》される。

駿は今まで無能世代《タレントエラー》のことなど知りもしなかった。

それでも、彼らの境遇を考えるとどうにも他人とも思えない。

「俺もそっち側だった可能性があるんだよな……」

忌々しいと思いながらも、《限定解除《リミテッドアンロック》》に何度も助けられてきた。

今回だって、このプレイヤースキルがなければ牢屋《ろうや》からの脱出は不可能だっただろう。

「何か言ったかしらぁ？」

「いや……なあ、ヘレミアは無能世代《タレントエラー》について知ってたか？」

「もちろん知ってるわよぉ。オラクルのメンバーなんて、ほとんどがそうなんだし。まあ、普通に生活できてるプレイヤーはマシな方だと思うけれどね」

ファイルには、識別ナンバーと共に過去にＰＳＡ計画に参加させられたプレイヤーがまとめられていた。ここにあるファイルは特に無能世代《タレントエラー》――失敗作のプレイヤーについて記述されているようだ。

実験の結果が事細かく記されている。拡張できた機能。スキルが発現している者もいるが、それを打ち消すほどの副作用に見舞われているプレイヤーがほとんどだった。

「なに？　引け目でも感じてるのかしら」

「そういうわけじゃねえけど……俺は恵まれてた方なんだな、とは」

「そんなの比べる相手によるでしょう。考えるのはきりがないわよ」

「それは……そうだな」

そんな中に、見覚えのある名前を見つける。

更地《さらち》綾葉。駿と真琴にリセットスタンプを打ち、牢屋では二人の監視を任されていた少女だ。彼女についても、事細かにプロフィールと経緯、実験結果が記されていた。

更地綾葉。女。×××年生まれ。デッキ枚数拡張＋5。プレイヤースキル不適合による副作用1――一日における発動可能カード数四枚。

「何かいい物が見つかりましたか？　桐谷《きりや》駿」

冷えた声音に背中を叩《たた》かれ、ファイルを捲る手が止まる。

集中していて扉を開く音にさえ気づけなかった。

「更地綾葉――ッ」

駿は慌てて振り返り、癖で腰に触れる。カードホルダーがないことを思い出し、忌々しげに舌打ちをした。

既に《慈愛ノ理《ことわり》》による洗脳状態からは解除されているようで、綾葉は敵意剝《む》き出《だ》しの視線を向けて来る。

「牢へ戻ってください。あなたは、オラクルにいなければならない。じゃないと、私の存在理由が消えてしまうからッ！」

綾葉はカードを引き抜き、発動。

赤色の光彩が弾《はじ》け、繰り出されたのは烈風の砲弾。

大玉サイズのそれは、部屋の書類を巻き込んで切り裂き、容赦なく駿《しゅん》を飲み込んだ。

「があ――ッ」

この狭い部屋では避《よ》ける場所すらなく、無慈悲に吹き飛ばされる。ゴムボールのように地面をバウンドし、壁に叩きつけられてやがて止まる。

「マスター！」

ヘレミアは駿に駆け寄り、この状況での己の無力さに歯噛《はが》みする。

「クソ、容赦なしかよ……ッ」

壁は蜘蛛《くも》の巣状にひび割れ、衝撃で棚はドミノのように倒れる。

埃《ほこり》と紙が景気よく舞い上がり、その上でカードを掲げた綾葉が軽いステップを刻む。

「いいなあ、プレイヤースキル。私も成功していたら、もっと自由だったと思うんです。雲の上でも駆けるような気持ちでカードを振るえていたんじゃないかって」

「テメエは今でも脳内雲の上だろうがよッ、たられば で自由を語るほど愚かなことはないぜ」

「持ってる側の人間の言葉など、何も響きませんね！　あなたはただ義務を果たしてくれればいい、オラクルとしてその力を振るってくれればそれで――ッ」

叫び、天高くカードを掲げる。

弾けるは金色の光彩。

三メートル近い巨体。漆のような黒色の肌。丸太のような腕を持った筋骨隆々の体。天へ向けて伸びる二本の洞角。その姿はまるで、ギリシア伝説の牛頭人身の怪物――ミノタウロス。

「クソ、黄道十二門のシリーズかよ」

ＳＳＲネームドライフ［金牛宮］トーラスの召喚。

トーラスは両拳を強く握って、荒々しく猛《たけ》る。

鼓膜を震わせる咆哮《ほうこう》に、軽い踏み込みで床を割る膂力《りょりょく》に死の予感がひた走る。

「マスターこれを！」

駿は、ヘレミアからカードが収められたファイルを受け取った。綾葉がスペルを放つ瞬間に抜き取ったものだろう。

駿は迅速にファイルを捲り、カードに目を通していく。膨大な量だ。一枚一枚を吟味している余裕はない。こうしている間にも、トーラスは倒れた棚を踏み抜きながら迫っている。

「ち――ッ」

駿は目についたスペルを三枚抜き出し、《限定解除《リミテッドアンロック》》にて速攻所有権を刻む。

内二枚を発動。

弾丸の如《ごと》き氷槍《ひょうそう》が、拳サイズの炎弾が、トーラスに殺到する。

トーラスはそれを、羽虫を払うかのように弾く。

スペルによる連撃はトーラスに掠《かす》り傷《きず》一つ付けることなく、霧散した。

「無駄ですよ。トーラスはレア度R以下のスペルの影響を受けません」

駿は怯《ひる》むことなく、ファイルの中のスペルに所有権を刻み、矢継ぎ早に発動していく。

全てがレア度Rだが、効果は異なるスペルの連弾。

「クソ……まずいな」

しかし、綾葉の言う通り、その全てはトーラスに傷一つ付けることはできなかった。

「だから、無駄だって言ってるじゃありませんか。ちなみに、そこにあるのは全てレア度R以下のカードです。SR以上のカードは一定権限以上のメンバーしか入れない倉庫に保管されていますので」

となれば、現状駿にトーラスを害する手段はない。

Lレアのヘレミアの攻撃ならば通るだろうが、これだけ敵意を向けられた状態での《傀《かい》儡《らい》》ならば、一瞬動きを止めるのが精々。

R以下のスペルによる攻撃を無効にするくらいなら問題がないが、影響を受けないのが文字通りのことであるならば、あらゆる手段が封じられる。拘束もできなければ、攪乱《かくらん》もできず、異常状態にもかからない。

「そりゃ、ちとまずいな……」

言いながらも、駿はファイルを捲り続け、目についたスペルカードに所有権を刻んでいく。ここでも、やはり《限定解除《リミテッドアンロック》》に助けられている。これがなければ、抵抗すら許されず今頃ミンチだ。

「安心してください。殺しはしません。でも、少しくらいパーツが取れてしまうかもしれませんが……慣れてますよね？」

地面が震撼《しんかん》した。それほどの踏み込みだった。

トーラスが踏みつけた棚がひしゃげて、中身が飛散するのが視界に収まった刹那──トーラスの丸太のような腕は眼前に迫っていた。

「速ッ⁉」

（クソ、間に合え──ッ）

地面を擦過しながら迫るアッパーカットが駿に届くのと、赤の光彩が弾けるのはほぼ同時だった。

駿が腕をクロスしてガードしたその上から、岩のような拳が振り抜かれる。いや、岩のようなだなんて比喩が生易しいほどの一撃だった。自分の身体《からだ》が綿にでもなったのかと錯覚するほどに易々《やすやす》と吹き飛ばされ、天井に激突。

「あ、が──ッ」

重力に従って、落下。地面に叩きつけられた。

「なるほど、考えましたね。トーラスには効きませんが、あなたの身体能力を上げるスペルについては別」

駿は奥歯を噛みしめて痛みを耐えながら、地面に腕を突き立てる。湧き出る脂汗。呼吸が乱れる。もし、少しでもスペルの発動が遅れていたら、死んでいた。

「何が殺しはしませんだよ……クソが」

Rベーシックスペル【外装骨格】を二枚。

ダメージを軽減する不可視の鎧《よろい》を纏《まと》って、猶《なお》この結果だ。

トーラスはただ拳を振り抜いただけ。この程度の攻撃なら無限に打てる。

「――ッ」

駿は痛みを堪《こら》えながらやっと立ち上がり、トーラスはそれを嘲笑《あざわら》うようなタイミングで拳を振り下ろす。体を投げ出して、それを回避。何度も、何度も、それを続ける。

床が抜け、壁が破壊され、天井に穴が開く。

駿がまだ健在なのは、トーラスが本気を出していないからか。

追加で発動した身体能力向上のスペルが効いているのか、後者だと思いたいものだが、

ゴリゴリと体力が削られ続けるこの状況では、それも歓迎できそうにない。

勝機があるとすれば、先ほど閲覧した書類に記されていた副作用、綾葉《あやは》の発動可能カード枚数が四枚であるという点だろうか。

その記述が正しければ、綾葉が発動できるカードはあと二枚。

「だが……このファイル内のカードじゃトーラス一体の対処すらきちいぞ」

駿は馬鹿力の牛を忌々しげに見つめ、ひとりごちる。

「そろそろ終わりにしましょうか」

綾葉の号令に、トーラスが咆哮を上げて応える。

覆いかぶさるような体勢で駿に迫り――石にでもなったかのようにピタリと動きを止めた。

ヘレミアが《傀儡》を発動したのだ。洗脳には至らなかったが、思考の妨害によりトーラスの時が止まる。駿はその一瞬で鉛のように重たくなった足を回し、拳を回避。

「マスター！　こっちよ」

駿はトーラスの開けた穴から隣の部屋に避難したヘレミアの下へ駆ける。

水面に飛び込むように直径一メートルほどの穴へダイブ。地面を転がると、背後から激しい破砕音が響いた。トーラスが穴へ向かってショルダータックルをかましたのだ。彼の膂力を前に、壁など砂糖菓子に等しく、爆《は》ぜる。

「実は、私もＰＳＡ実験で得た力があるんですよ。本来、デッキの枚数……所有権を刻めるのは三十枚。ですが、私は三十五枚刻むことができます」

綾葉はトーラスが開けた穴の向こうで、声を張る。

先程の倉庫に比べたら、広々とした一室。しかし、手術台などの設備で埋め尽くされており手狭に感じる。障害物が多いことを利点と捉えるべきか。

「一日に発動できるカードの枚数は十枚なので、意味はないんですけど」

綾葉は懐から注射器を取り出し、首筋に沿わせた。

「なんだ……それは」

「う、く……安心してください。別にドーピングの類じゃありませんよ」

慣れた手つきで首筋に注射針を刺し、ピストンを押し込む。中の透明な液体が打ち込まれ、綾葉は苦悶《くもん》の表情を浮かべた。

「これもPSA計画で負った副作用の一つ。これを一日一本打たないと、私はまともに生きてはいけません。中身はよくわかってないんですけど……恐ろしいですよね」

綾葉は空になった注射器を捨てると、思い切り踏みつけた。

「わかるでしょ？　自由なんてないんですよ」

「同情はする」

駿は口元の血を拭い、肉体治癒のスペルカードを使用した。

綾葉の打ったクスリは、恐らくオラクルでしか作れないものだろう。

ならば、オラクルが綾葉の生殺与奪の権を握っていると言っても過言ではない。

彼女が組織でどんな扱いを受けているのかは知らないが、到底逆らえるような立場でないことくらいはわかる。

「私もあなたを苦しめたいわけじゃないんですよ。でも、あなたは、私たち無能世代《タレントエラー》の果たせなかった義務を果たすべきなんです。そうじゃなきゃ、私はただ辛《つら》いだけじゃないですか！」

トーラスは手術台を踏み抜き、手術用照明等を破壊しながら、迫る。その程度の障害物では、鬱陶しさすら感じないのか勢いが弱まることはなかった。

トーラスが腕を薙《な》ぎ、駿はしゃがみ込むことで回避。重度の緊張感に晒《さら》され続け、駿の集中力は冴《さ》えに冴え渡る。心なしか、体も軽くなったように感じる。

「同情はするが、自分が辛いからお前も同じ目に遭うべきだって言ってるようにしか聞こえねえな！」

駿はトーラスの連撃を紙一重で避け続ける。

それにじれったさを感じたのか、綾葉は一枚のカードを取り出した。

「随分と距離が離れましたね、桐谷《きりや》駿。何とか耐えてくださいい、生きてさえいれば治してあげますから——灼《や》け爛《ただ》れろ」

銀色の光彩が弾《はじ》けると共に、周囲の温度が急激に上がるのを感じた。

しんしんと火の粉が降る。

ごうごうと熱風が吹き上がる。

その間を、空間を埋め尽くし、空気を焼き尽くさんと紅《くれない》の炎が溢《あふ》れ出す。

まるで津波のように、熱の塊が容赦なく押し寄せて来た。

「クソがッ、室内で使っていいスペルじゃねえだろ！」

駿《しゅん》はヘレミアの前に立つと、反射でありったけの防御系スペルを発動する。

その全てがレア度R。しかし、これだけ重ね掛けすれば――。

「マスターッッ」

次々と響く破砕音。部屋の備品は次々とひしゃげ、溶ける。ガラスは割れ、壁や扉は耐え切れずに炎は火山の噴火のように爆ぜ、溢れ出す。

そして、駿は防御スペルの上から、炎の波に飲み込まれる。肺が灼《や》けるほどの熱波に当てられ、視界を埋め尽くす嘘《うそ》のような色の炎に気がおかしくなりそうだ。

「あー、くっそ。しんどいな……マジで、きちい」

爆炎が晴れる。部屋のあちこちで紅の炎がてらてらと揺れている。

いや、最早《もはや》この一帯は部屋という体をなしておらず、爆弾でも落とされたのかと錯覚するほどの焼け野原が広がっていた。天井は吹き抜け、壁という区切りはなく、ただちりちりと何かが灼ける音だけが、静かに響いている。

その炎の先、ヘレミアを守るような形で立っていた駿は膝から崩れ落ちた。その場に座り込み、息を荒くしている。展開した防御スペルは全て跡形もなく燃え尽き、生きているのが不思議なほどだ。

「何を……プレイヤーがなんでライフより前に出て戦うのよ！　頭おかしいんじゃないのぉ!?」

「はあはあ――ッ、仕方ねえだろ。そういうパーティー編成なんだから。お前、肉弾戦できんのかよ」

「そういうことを言ってるんじゃないわよ！」

「知ってるわ！　プレイヤーがどうとか、ライフがどうとか、まだそんなくだらないこと言ってんならぶっ飛ばすぞ！」

「そういうことを言ってるんじゃ……だって、マスター……」

ヘレミアは、ぼろぼろの駿を見て痛ましそうに目を伏せる。

駿はヘレミアを鼓舞するように、拳を握ってゆっくりと立ち上がった。

「にしても……トーラスはこれに巻き込まれても無傷なのかよ」

「それがトーラスのエクストラスキルです。一度だけ、L以外のスペルカードの影響を無効にする」

バケモノじみた膂力《りょりょく》に、スペルへの耐性。

アタッカーの性能として考えたら、使いやすさも含めて相当に優秀だ。

いつの間にか、騒ぎを聞きつけ、オラクルの職員が集まってきていた。

しかし、この大惨事に乱入しようという気概はないようで、萎縮して遠くから様子を見るのみ。中には背を向けて逃げ出す者までいる始末だ。

「そろそろ降参してください。私はあなたに死んでほしいわけではないんです。立っているのもやっとですよね？」

「いや、やっと準備が整ったところだ」

「はあ？」

駿は戦闘開始時に刻んでいたスペルカードの一枚――フィールドスペル【縄墨の砂時計】を発動する。

展開されたのは不毛の砂漠。紅の炎を飲み込んで、フィールドは黄砂に包まれた。

このフィールドで最も特徴的なのは、砂漠の中に巨大な砂時計が埋もれていること。

それでも、トーラスの動きが鈍ることはなく、猛追は加速する。拳を振り下ろし、蹴り上げ、駿はそれを紙一重で回避し続ける。

「だから、R以下のスペルは効かないって言ってますよねッ！」

そう、このフィールドにどのような効果が付与されていようと、トーラスはその影響を受けない。しかし――。

「それはあくまでトーラスだけ、お前は別だろ、綾葉！」

トーラスの大ぶりの一撃をスライディングで股下を潜《くぐ》ることで避《よ》け、カードを引き抜く。

それは駿の傷を癒すための、レア度Rのベーシックスペルだった。

駿の身体《からだ》を淡い緑色の光が包み込み、火傷跡が徐々に引いてく。

「そんな雑魚スペルで焼け石に水程度の回復をして、何を勝ち誇っているんですか？」

その瞬間、砂漠の砂時計が反転。カウントダウンが始まった。

駿の言動とはかけ離れた大きな意味があるようには思えないカードの行使に、綾葉は改めて眉を顰《ひそ》める。

「安心しろ、あの砂時計にお前を害する効果はない」

「……ッ、そんな言葉で」

警戒心から、綾葉の動きが止まる。

そして、しばらくすると砂時計の中の砂が全て落ち切った。

と。綾葉のデッキケースが銀色に光り、スペルカードが発動した。

「は……どうして!?　私は何も──ッ」

綾葉が発動した、いや、されたのは【銀光のアンチコート】──レア度ＳＲ以下のスペルの効果を一度だけ完全に無効にする防御系ベーシックスペルだった。

もちろん、駿が綾葉に対してスペルを発動していない、この状況で発動しても無意味。

「とりあえず、攻撃系のスペルが出なくて安心したわ」

すると、ガコンと音がして再び砂時計が反転した。

さらさらと流れ続ける砂を横目に、駿はカードファイルから取り出したカードを発動した。それはレア度Nの一見意味のないようなアームドスペル——駿の手の中には、一輪の小さなビオラの花が収まった。

無意味に思えるスペルの行使に、綾葉《あやは》は眉を顰める。

「安心しろ、これは正真正銘ただの花だ」

そして三度、ガコン。

砂時計が反転し、カウントダウンが始まった。

「——ッ、まさか」

「お、察しがいいな。綾葉」

綾葉は回転した砂時計を見て、焦りに表情を歪《ゆが》ませる。

自分の想像が間違っていてくれ、そんな無意味な期待が手に取るようにわかる。

「【縄墨の砂時計】の効果は、フィールド内のプレイヤーがカードを発動した時、もし発動可能なカードがあるならば、他のプレイヤーは十秒以内に発動しなければならない。自発的に発動しなかった場合は、デッキの中からランダムなカードが発動される」

一つ前では、綾葉が、そのルールに気づけなかったから、綾葉のデッキに眠るカードの一枚、【銀光のアンチコート】がランダムで発動された。

「問題は、ここからだ。お前は、プレイヤースキル不適合時の副作用で、一日に発動できるカードは四枚までのはずだな？」

「——ッ、なんで知って」

「さて、【縄墨の砂時計】により発動可能なカードがあれば、それが強制履行されるが……お前の場合、どういう判定になるんだろうな。プレイヤーが一日に発動できるカードの枚数は十枚。お前はまだ四枚しか発動していない。なら、あるはずだよな？　発動できるカードが」

駿が話をしているうちに、砂時計の中の砂が全て落ち切ると。綾葉は口と腹部を押さえ、嗚咽《おえつ》し始めた。

「うぐ、あげぅ、おえ——ッ」

膝から崩れ落ち、許しを請うかのように額を地面に擦《こす》り付ける。

吐血。脈絡もなく訪れた痛みに混乱し、もがき苦しんでいた。

「あ、がはッ……な、何で……こんな」

「本来誰しもに備わっているはずの、プレイヤーとしての権能は人体実験により失われた。どうやら、スペル&ライフズは、その矛盾を許さなかったようだな」

綾葉が持つ、一日に発動できるカードが四枚までとなるという副作用は、スペル&ライフズのルール外の効果だ。カードの効果と矛盾が生じた時どうなるかは賭けだったが、どうやらうまくいったようだ。

「どこで……私の副作用に気づいたんですか……ッ」

「たまたま、な」

痛みはまだ治まらないようで、綾葉は激しく咳込《せきこ》む。

トーラスの召喚を解除し、降参だと言うように横向きになって体を丸めた。

「これを狙ってたなら、初めから言ってくれればよかったのにぃ。慌てて損しちゃったじゃない」

「そんな暇なかっただろうが。それとあれだ、敵を騙《だま》すなら、まず味方からってな」

駿はアームドスペルで顕現させた、ビオラの花を差し出した。

ヘレミアは一瞬目を丸くすると、やれやれと言った様子でその花を受け取った。

「悪いな、綾葉。お前には同情はする。でも、オラクルに戻る気はねえ。お前みたいな境遇のヤツがたくさんいるってんなら、猶《なお》のこと俺がそこにいるわけにはいかねえだろ」

顔と腹部を押さえて縮こまる綾葉は、体を震わせてすすり泣く。

「だったら……っ、だったら、私はどうすればよかったって言うんですか……」

綾葉の話を聞いて、駿は何度か考えた。

もし、自分が綾葉の立場ならどうしただろうか。

プレイヤーとして致命的な欠陥を負い、オラクルが作るクスリを打たなければまともに生きていくことさえできない。

その答えは、中々出なかった。

結局のところ、駿は恵まれていたのだろうと思う。

プレイヤースキルが発現し、セレクタークラス内では教育と食事が与えられ、凜音《りんね》と夜帳《とばり》がいて、運よくセレクタークラスを抜け出すこともできて、その先で鶺鴒《せきれい》やミラティアと出会えた。

「……知らねえよ。自分で考えろ」

「……っ」

綾葉は口を衝《つ》いて出た言葉を恥じるように、奥歯を嚙《か》みしめる。

「でも、もしお前にその気があって、俺にそれだけの余裕があったなら、いつか助けてやる。ま、優先順位はめちゃくちゃ低いけどな」

綾葉は駿の言葉に返答することはなく、体を丸めた。

それは拒絶か、綾葉にも何か思うところがあったのか。

しかし、駿の立場で彼女にかけてやれる言葉でこれ以上はないと思った。綾葉からしたら、どこまで行っても駿は気に喰《く》わない勝ち組なのだ。

駿はフィールドスペルを解除し、綾葉に背中を向ける。

歩き出そうとして、その動きを止める。

「そりゃ、これだけ騒げば見つかるよな」

パチパチパチ。わざとらしい拍手をしながら、彼女は現れた。

「可哀想《かわいそう》なお兄ちゃん。カッコいいお兄ちゃん。こんなにボロボロになっても、まだ戦わなきゃいけないんだね。でも、安心してね。私がもう苦しまなくていいようにしてあげるから」

綾葉のおかげでフィールドに障害物はなく、オラクルの職員たちは広く駿《しゅん》を囲んでいる。直接手を出そうという気概は感じられないが、ここから逃げきるのは至難の業だろう。

そして、目の前に凜音が現れた。

「マスター……」

もう、逃げ道はない。

「やっぱり俺と一緒に戻る気はないか？　何があっても俺が守ってやるって誓う。だから、俺の下に来い、凜音」

「まだそんなこと言ってるんだ。力ずくで取り戻してあげる……そしたら、兄さんも諦めがつくよね。そうだよね。そうに決まってるよ」

凜音へ手を伸ばすも、凜音はそれを一蹴して、カードホルダーからカードを取り出した。取り付く島もない。耳を傾ける気すらないように感じる。

駿がそうであるように、凜音の中でも覚悟が決まっているとしたら。

「もう小細工は通用しないよ、兄さん」

花火が上がるように、次々と赤、銀、金の光彩が弾《はじ》ける。

それは通常、一度に見ることはあり得ない程の量だった。

「は……？　それはおかしいだろ」

計十五枚。その全てがライフカード。

溢《あふ》れた光の中から産み落とされるように、それは生物のカタチを取り始める。

それは竜であったり、獣であったり、人型であったり、雑多であったが数だけがあった。

一度に十五体。通常あり得ない程の数だけが存在した。

スペル&ライフズのルール、初歩の初歩。

所有権を刻めるのは三十枚まで──それをデッキと呼ぶ。

一日に発動できるカードの上限は、デッキの中から十枚である。

「さっき、八体のライフを召喚したよな？　計二十三体だと……？」

「兄さんも知ってるでしょ、私だってプレイヤースキルを持ってるんだよ」

凜音もPSA計画によって、プレイヤースキルを植え付けられ、適合した。

だが、セレクタークラスにいた当時は凜音自身も自分のプレイヤースキルの効果を把握していないようだった。

「《限定開放《リミテッドリリース》》──私はスペル&ライフズのカード発動枚数の制限及び、ライフ召喚に関してその他の影響を受けない」

「は？　ライフカードを無限に召喚できるってことか!?」

「兄さんじゃないんだから、無限じゃないよ。所有権を刻めるのが三十枚までだから、一度に三十体が限界」

だとしても、通常の三倍。驚異的な枚数だ。

「黄道十二門シリーズはパッシブ、ユニティ持ち。同種族以外のライフを召喚できないはずだったけれど、その影響を受けていなかった。そこで違和感に気づくべきだったわねぇ」

つまり、運命シリーズであろうと、他種族のライフと併用で召喚できる。

「クソチートじゃねえか」

「マスターが言うかしら。スペルの無制限の行使もよっぽどだと思うけどぉ」

異なる種族のライフの群れ。まるで百鬼夜行。

これだけのライフを一度に見ることなどそうそうない。

あの群れの中にネームドライフはいない。しかし、それもメリットだとは到底言えず、自由意志がないということはヘレミアのスキルが効かないということでもある。

逃げ場のない開けた場所。まるでコロシアムだ。

駿の手元には、倉庫から奪ったカードファイル。

その中の全てはレア度R以下。

「……まずいな。今回に関しては本当になんも思いつかねえ」

駿はポーカーフェイスに努めながらも、静かにひとりごちる。

無慈悲にも十五体のライフは、じりじりと駿との距離を詰める。

「降参はいつでも受け付けてるよ、兄さん」

「しねえよ。ここで降参したら、凜音の中で俺の言葉の正しさが失われちまうからな」

カードファイルから、目につく身体強化系のスペルをありったけ取り出し、発動。

その他使えそうなカードを抜き出し雑にポケットにしまうと、ファイルを放った。

「別に正しさとか関係ないよ。私には見えているものが、兄さんには見えてない。ただ、それだけの話だよ——ッ」

凜音が号令を下すと、ライフたちは一斉に駿へ殺到した。

駿はアームドスペルすら発動せず、攻撃を避《よ》けることに注力する。

R以下のアームドスペルでは、基本的にその物質以上の効果は見込めない。無理してライフを一、二体倒せたところで焼け石に水だ。

勝機があるとしたら、凜音に直接対処することだが——さすがに対策しているようで、周りに三体のライフを残していた。

ライフの群れは、互いを押しのけるようにして駿を追う。

巨人の拳が迫り、避けた先には獣が大口を開けて待っている。

そんな中、駿は生傷を増やしながらも紙一重の回避を続ける。

「私はね、本当に兄さんのことだけを考えて生きてきたの。兄さんと離れ離れになる前も、今も。兄さんの幸せだけを願っているの」

次々に響く爆音。舞う砂埃《すなぼこり》。

駿は呼吸をする間もなく体を動かし続ける。

「言ってることとやってることが違い過ぎるだろ！」

「ううん、違わないよ。でも、いいんだ。兄さんにわかってもらえなくても、私は絶対に兄さんを幸せにするから！」

「クソ、話通じねえ。肝心なことは口に出さず、変に頑固なのは昔から変わらねえな！」

「それは兄さんの方でしょ！　どうして、私の気持ちを分かってくれないの！」

十五体のライフたちは、攻撃の手を緩めない。

大型ライフの突進を避け、空中へ回避。受ける攻撃は最低限に抑えながら、戦場を舞う。常に視線を動かし、フィールド全体を把握。敵の情報を超高速で処理しながら、最適な動きを身体《からだ》に要求。その荒業が実現できるのは、身体強化のスペルあってのこと。

「兄に容赦なさ過ぎだろ！」

相変わらず、凜音との距離は縮まらない。

凜音からすれば、危険を冒す理由がないのだ。

ライフに駿の相手を任せていれば、いずれ体力が尽きるのは駿の方。

「私だって、こんなことしたくないよ！　でも、大丈夫。全部なかったことになるから」

「はあはあ――ッ、んだよ、全部って！」

ライフの間を縫って駆けながら、駿は声を張る。

「全部は全部だよ！　私がこうやって兄さんを虐《いじ》めてることとか、兄さんがプレイヤースキルを植え付けられたこととか、私たちがプレイヤーに覚醒したこととか。スペル＆ライフズの存在とか、全部だよッ！」

凜音は苦しそうに拳を握りながら、叫ぶ。

「そのために、私は運命シリーズを集めてるの！」

「二十一番、［世界］――何でも願いが叶《かな》うってカードか」

駿は息を整えるために、一旦ライフたちの包囲網から離脱。頰を伝う汗を拭った。

「何でも願いが叶うなんて、そんな抽象的なスキルじゃないよ」

凜音は優しい笑みを浮かべて、言葉を続ける。

「運命シリーズを集めることってすごく大変だよね。兄さん、人々にとって全てをなげうってでも叶えたい願いって何だと思う？」

「そんなの人によるんじゃねえのか」

「後悔だよ。未来の希望なんかより、過去の絶望を拭うことの方がよっぽど執着しちゃうの。過去の過ちとか、不幸とか、全部……そういうの全部なかったことにしたいの」

「は……？」

「みんな、そうなの。強い望みは、過去に執着することで生まれるんだよ」

「それが［世界］の力だってのか？」

「うーん、それは得られる結果で、能力は別なんだけど……広く言えば、そうだよ。だから、やっぱり［世界］は全ての願いを叶えるとも言えるかもしれないね」

凜音は笑みを浮かべる。凜音が笑う度に、それはとっても無邪気なように思えたけれど、だからこそ、不気味でもあった。凜音が笑う度に、どうしても苦しんでいるように思えるのだ。

「だから、今何をしてもいいって？」

「うん！　安心して！　こうやって兄さんと戦ったこともなかったことになるの！　嫌なことは全部なかったことになるの！」

声を張る駿に、凜音は弾むような声音で答える。

「それで、兄さんと欠伸《あくび》が出るような退屈な日常を過ごすの！」

両手を広げて、笑みを浮かべる。

「スペル&ライフズなんてない世界で、一緒に過ごすの！」

こんなにも笑顔なのに、どうしても凜音が語る未来は希望に溢れたものだと思えない。

「だから、今兄さんを痛めつけるのはいいの！　これは嘘《うそ》だから！　こんなの嘘なの！　苦しいのは全部嘘なんだから！　ねえ、兄さん！」

口を開くたびに、自分自身を追い詰めているようにすら見えるのだ。

「凜音《りんね》――ッ！」

「だから！　兄さんはここで倒れてくれなきゃいけないの！」

気づけば、竜種のライフが駿の背後にいた。

咲奈《さな》の持つ五大竜に比べれば幾分か小型で、しかし、人一人など優に嚙《か》み砕く膂力《りょりょく》を持った怪物。竜種は、翼をはためかせて突進し、駿は反射で横に飛ぶことで回避。

しかし、その先にもまた、別のライフがいた。

慌てて腕でガードしたその上から、巨人のライフが駿を殴りつける。

「兄さん、幸せにしてあげるからね。毎日朝起こして、ご飯も三食作ってあげるし、一緒に学校に行こうね。放課後はスーパーに夜ご飯の買い出しに行くの」

その勢いを利用して距離を取ろうとするが、その先にも別の獣種ライフがいて、ナイフのような爪で鋭い斬撃を受けた。そこへ、群がるように機械種のライフが突進――。

一度崩れてしまえば、紙一重で演じていた大立ち回りも嚙み合わなくなる。

「があ――ッ」

駿は激しく地面に叩《たた》きつけられ、吐血。酸素を取り込むように激しく咳込《せきこ》む駿に、影が迫る。ふと、視線を上げれば、ライフの群れが駿を取り囲んで見下ろしていた。

「クソ……力入んねえ……」

遠くでヘレミアの声が聞こえる。

「マスター！　マスター！」

しかし、ヘレミアはスキルがなければ人間の少女と変わらぬ力しか持たない。ライフの群れの中、駿《しゅん》を助け出すことなど不可能だ。

たった一度、竜種からの攻撃を許したことが致命的だった。

「私、兄さんと二人で平和に暮らせればそれでいいの。大金持ちになりたいとか、有名になりたいとか、そんな難しいことは言ってないんだよ。それくらい許してよ。ねえ、兄さんもそう思うでしょ」

視界がぼやけて、意識が朦朧《もうろう》としてくる。

呼吸が苦しい。全身が鈍く痛む。手足が重たい。

しかし、視界いっぱいに映るどうしようもない数のライフは現実で、凛音に駿の言葉はどうしても届きそうになくて、思考は上手《うま》く回らない。

「…………み、ら」

ライフの群れを見上げたまま、立ち上がることを諦めた駿は、そう呟《つぶや》いた。

◇

第二地帯研究所に忍び込んだ美鈴《みれい》は、ディアノートを連れて真琴《まこと》を捜索していた。

今日のために所有権を刻んでおいた透明化のスペルを発動し、一階から虱潰《しらみつぶ》しにあたる。

アナウンスを聞く限り、真琴は既に牢《ろう》からは脱出しているようだ。

「となると……逆に手がかりがないわね」

囚《とら》われているのなら、その場所を聞き出せばよかったのだが……無数にある部屋を一つ一つ調べていたのではきりがない。

美鈴が頭を悩ませていると――すぐ横から爆音が響いた。

扉がひしゃげ、すごい勢いで部屋の向こう側へ飛んで行く。

「ふむ、ここにもいないか」

脚を振り上げたままの体勢で硬直するディアノートは、無人の室内を見て首を傾《かし》げた。

ディアノートが暴走しないようにと注視していた美鈴だったが、何の前触れもなく扉を蹴破るなど、流石《さすが》に想定外だった。

「ちょ、何をしているのかしら？」

「無論、我が契約者の捜索じゃ」

「敵に気づかれるでしょう？　何のために透明化のスペルを発動したと思っているの？」

「飽きたのじゃ。まどろっこしいのは嫌いじゃ」

「……あなたね」

「それにタイムリミットは一時間後なのだろう？　悠長にしている暇はなかろうて」

「それは、そうだけれど……」

「クク、安心せよ。飛び入る有象無象などこの妾《わらわ》が片手間で振り払ってやろうではないか。それに臆病な我が契約者のことだ。どうせ暗い部屋の隅で縮こまっているであろうよ。このままでは埒《らち》が明かぬわ」

「……わかったわ」

いつもは的外れなことばかりを宣《のたま》うくせに、今日のディアノートの言葉には説得力があった。

アナウンスのおかげで、美鈴たちは駿と真琴が牢から逃げ出したことを知っているが、真琴たちは美鈴たちが助けに来ていることすら知らないはずだ。

ならば、真琴に見つけてもらう方が確実かもしれない。

「好きに暴れなさい、ディア」

「クク、任せるがいい。共に我が契約者を救恤《きゆうじゆつ》しようではないか」

ディアノートは不敵な笑みを残すと、同じように隣のドアも蹴破った。

その隣も、更に隣も端から扉を破り、高笑いをする。

「クク、ふははは――ッ、疾《と》く出て来るがいい、我が臆病な契約者よ！　闇夜に耀《かがや》く月色。紅《くれない》の真祖たるこの妾が迎えに来てやったぞ！」

ドゴン。ドガン。

扉はひしゃげ、しまいには壁に穴を開け、やりたい放題であった。

これだけの騒ぎを起こせば、当然オラクルも美鈴たちの存在に気づく。

「何者だ！」「侵入者か!?」「いや、でもここ南極だぞ……？」「どっちでもいい、捕らえろ！　このまま放置しておくわけにはいかんだろう！」

数人の男たちが、破壊行為を続けるディアノートの下へ集まる。

それぞれの恰好《かっこう》を見るに半分が研究員、半分が警備員と言ったところだろうか。

「喰《く》らえ――ッ」

これ以上施設を壊されてはたまらないと、男たちはカードを引き抜いて応戦する。

ディアノートに狙いを定め、次々とベーシックスペルを発動。

しかし、その尽《ことごと》くはディアノートに軽く振り払われ、霧散する。

「効かぬ、効かぬなッ！」

ディアノートのスキル《瓦解》――ディアノートの手が触れたベーシックスペル、リザーブスペル、アームドスペル及びスキルを無効にする。

「矮小《わいしょう》なる人類如《ごと》きがこの妾に傷をつけるなど不可能じゃ！」

発動するスペルの全ては意味をなさず、ディアノートは無傷。

男たちの顔は徐々に引きつり、後退《あとずさ》る。

「常闇に沈め、哀れな人類どもよッ！」

ディアノートはそれを見逃さず、拳を振り上げ――。

「ぐあああッ」「や、やめ――あがッ」「があああああッ!?」

男たちの絶叫が響くのだった。

そこからは、もうめちゃくちゃだった。

扉は端から破壊され、扉でなくてもディアノートの目についた物は片っ端から壊されていく。

これでは、真琴を捜しに来たのか、研究所を破壊しに来たのかわからない。

「ふむ、中々姿を現さぬな」

デッキは取り上げられていると言えど、真琴には徒手空拳での心得もある。

それに彼は慎重な性格ではあるし、簡単に捕まるとは思えない。

美鈴は真琴をどこか危うい男だと思っていた。

真面目で、慎重で、心優しい。

しかし、時には大胆で、美鈴が思いもよらない突飛な行動に出ることがあって、そのほとんどが自己犠牲的なもので……いつかふらっといなくなってしまいそうな、そんな危うさがあった。

今回は真琴の意思で美鈴の下を去ったわけではないが、その時が来たのではないか、とそう思った。

「クク、そろそろ妾の真の力を魅せる時が来たようじゃな」

痺《しび》れを切らしたディアノートが眼帯を撫《な》で、強く拳を握る。

すると。

「ディア！」

廊下の先から、聞き覚えのある声が響いた。

薄い茶髪に、九十九里《つくもり》高等学校《こうとうがっこう》の制服。

ほんの一週間弱会っていなかっただけなのに、随分懐かしくなる。

「真琴く――」

美鈴が手を伸ばし、しかし、ディアノートがその横を高速で走り抜ける。

そして、彼に容赦のない跳び蹴りを喰らわせた。

「とおー――ッ！」

「ぐえ――ッ!?」

真琴は受け身を取る間もなく吹き飛ばされ、蹴られた頬を押さえて抗議の声を上げる。

「ちょっと、いきなり何するんだよ！」

「ふん、オラクル如きに捕まるような情けない真琴には当然の仕打ちじゃ。愚か者め」

「そ、それは……何も言い返せないけどさ」

「まったく……私も一言言ってやろうと思っていたのだけど、ディアノートを見ていたら、その気も失《う》せたわ」

真琴の下へ向かった美鈴は、やれやれと嘆息し手を伸ばす。

「あはは……ごめんなさい。ちょっとへましちゃいました」

真琴は困ったように笑いながら、美鈴の手を取って立ち上がった。

「バカ」

「はい……無警戒が過ぎましたね」

「おバカ」

「そんな何回も……誰も再会を喜んでくれないんですか!?　ていうか、どうやってここまで来たんですか!?　ここ南極で――ふぉ!?」

美鈴は、慌てた様子の真琴の頬を両手で挟む。

そして、不満そうに努めてジッと真琴を見つめた。

「い、いたいれふ……美鈴さん」

「心配していないわけないでしょう。今、真琴君に会えてすごくホッとしているわ」

「は、ふぁい」

「あまり無茶ばかりしないでちょうだい」

美鈴は手を下ろすと、プイとそっぽを向いた。

「えっと、今回は僕の無茶というより、回避しようのないトラブルだったと思うんですけど……」

「返事は？」

「はい！　すみません、もう無茶しません」

すごむ美鈴に、真琴は慌てて敬礼をして返す。

「クク、真琴がまた壁パイ女に尻に敷かれておるわ」

「別にそんなんじゃないわ」

美鈴は鋭い視線でディアを見やると、彼女の頬をつねった。

「そもそも、今回の事件、ディアノートがしっかり真琴君を守っていれば大事にならなかったはずよ。いつも大口ばかり叩《たた》いて肝心な時に役に立たないのね。契約者だなんだと言いながら、簡単に主を捕らえられて悔しくないのかしら？」

美鈴はディアノートを見下ろして、早口で捲《まく》し立てる。

決して壁パイと言われたことを気にしているわけではない。そういうわけではないのだが、今回のような事件が二度と起こらないようにメンバーに言い聞かせておくのも臨時特別部隊隊長として重要な業務なのであった。

「う、うぐぐ……」

「何か言い訳はあるかしら」

「わ、妾も頑張ったもん……」

ディアノートは、もう涙目であった。

「み、美鈴《みれい》さん、その辺で。あれは仕方なかったというか……ディアの召喚が解除されちゃったわけだし、僕の注意不足が原因で……」

「もちろん、真琴《まこと》君にも非はあるわ。ていうか、あなたはどちらの味方なの？」

「どっちのとかおかしくない!?　二人とも公安の仲間じゃないか」

矛先が自分に向いたことで、真琴は焦る。

すると。

「おい！　いたぞ！　例の侵入者だ！」「脱走者も一緒だぞ！」「多少傷つけてもいい！　何としても捕らえろ！」

オラクルの職員たちが美鈴たちを囲むようにして前後から現れた。

それを見て、美鈴はデッキのカードを引き抜き、ディアノートは拳を握る。

「まったく、野暮な連中ね。強行突破よ、真琴君。ディア」

「はい！」「応ッ！」

◇

けたたましいアラート音が鳴り響く。

研究所は脱走者と侵入者への対応でてんやわんやだった。

遠くで爆発音が聞こえ、建物が大きく震える。

——第二地帯研究所・別棟。

本来、特別な手続きをしなければ入ることのできない場所で、朝凪夜帳《あさなぎとばり》は優雅に目的の資料を閲覧していた。

アームドスペルで喚《よ》びだした豪奢《ごうしゃ》な椅子に腰かけ、同じくアームドスペルで喚びだした丸テーブルに紅茶をセッティングする。さながらお茶会だ。

資料に全く興味なさげなリリアンは、夜帳から受け取ったタブレットでゲームをしていた。一部の界隈《かいわい》で盛り上がりを見せる、メロンパンの網目に果物のヘタを上手《うま》く並べるゲームである。

もう一度言うが、ここはオラクルの本拠地。

加えて、最重要と言っても過言ではない一室である。

「ふむ、やはりオラクルの創始者——久留宮園善《くるみやえんぜん》はボクより多くの世界を見ているようだね」

夜帳が閲覧しているのは、ネームドライフの進化に関する資料だ。

ネームドライフとは、自由意志を持つライフの総称で、ミラティア、リリアンなどの運命シリーズ、咲奈《さな》のイルセイバーなどの五大竜、その他黄道十二門シリーズ、などが該当する。

これらのカードは、特定条件を満たすことで、一段階進化する可能性を秘めている。

その条件を解明し、ライフカードの進化を再現性のあるものにしようというのが本研究の肝である。

現在、オラクルの手元にある進化済みのカードは［吊《つ》るし人］ガラッフェンのみである。

「ふむ。進化なんてほぼ運みたいなものだ。条件はライフによって違うはずだし……だが、そこに法則性を見出《みいだ》したくなるのもわかる。何度も、何度も、何度も——どの世界でもそうだったからね」

夜帳は続けて資料を捲《めく》り、片っ端から情報を頭に叩き込む。

と、気の抜けるような調子の声が、耳朶《じだ》を打つ。

「い～けないんだ、いけないんだ。勝手に人の家入っちゃダメってママに教わらなかったんスか？　朝凪ちゃん」

「君たちこそ、勝手に人の体を開いちゃいけないって教わらなかったのかい？」

「ないっスね～」

「たしかに。言われてみれば、ボクもないね」

夜帳は資料を閉じ、振り返る。

薄い金髪。裾の長い白衣に、紺のスクール水着。胸元にはご丁寧に『りんご』と名前が書かれている。とても研究者に適した装いだとは思えないが、夜帳は彼女──日之館燐胡《ひのたちりんご》の優秀さをよく知っていた。

「うっはぁ、私やっぱりついてるっスねぇ」

「ふむ、どうしようかな。おおよその目的は達成したし逃走を選んでもいいのだけど……それだと君は困るよね。抗《あらが》ってみるかい」

夜帳は椅子から立ち上がると、デッキホルダーに手をかけた。

「わ、ちょっちょっちょーっと待つっス！　そう言う意味じゃないっス！」

すると、燐胡は慌てた様子で両手を忙《せわ》しなく動かす。

「私みたいな、無能世代《タレントエラー》の雑魚プレイヤーが朝凪ちゃんに勝てるわけないっスよ～。運命シリーズに、プレイヤースキル持ち。私如《ごと》きじゃ相手にならないっス～」

燐胡は、へへっと小物然とした愛想笑いをした。

もう少し好戦的なイメージだったが、戦う意思はないらしい。

「それに、私は朝凪ちゃんに会いたくて、ここまでしたんスから。戦うくらいなら、その時間お喋《しゃべ》りに付き合って欲しいっス」

「ここまで？　それは、駿《しゅん》を攫《さら》ったことを指して言っているのかな」

「そうっス。桐谷《きりや》駿に手を出せば、朝凪ちゃんは絶対に来てくれると思っていたっス。他に幾つか良質なエサも用意しておいたし……まあ、一番にそれに食いつくのは意外だったっス」

燐胡は、夜帳が持つネームドライフの進化に関する資料に視線をやった。

「ボクが君の思い通りに動いたと言いたいわけかい？」

「別にそんな大層なことしたつもりはないっスよ。でも、朝凪ちゃんはずっと桐谷駿を守っていたじゃないっスか。彼がセレクタークラスから出てからずっと、彼が敵《かな》わない敵は排除し続けてきた。ギリギリ勝てる敵だけけしかけて、レベリングのつもりっスか？いまいち朝凪ちゃんの目的はわからないっス」

「………」

駿がセレクタークラスを出た後の話だ。

駿は貴重なプレイヤースキル持ちの中でも更に優秀なスキルを持っていたし、恋人使い《ファントムラバー》なんて二つ名を付けられる程には、名が知られていた。オラクル以外の勢力も含め、多くのプレイヤーに狙われることになるのだが……駿はその尽《ことごと》くを退けて来た。

それが本当に奇跡や、駿の実力で為《な》されたものだったならば、きっとこれほどの苦労はなかっただろう。

「でも、そこは私にとってそんな重要じゃないっス。私は、ただ未知への探求がしたい！スペル＆ライフズなんて異能のカードは魅力的過ぎる研究対象っス！　オラクルに居るのも、それが一番叶（かな）う場所だからに過ぎないっス。べっつに、オラクルの目的は興味ないどころか、むしろ頓挫してくれないかと思ってるくらいっス」

燐胡は高揚した様子で、聞いてもいないことをつらつらと語り出す。

「何が言いたいんだい？」

「あ、その反応！　やっぱりオラクルの目的は知ってるんスね。後、桐谷駿を攫った目的ですけど、うちのお姫様がどうしても会いたいって言うからってのもあったっス。でもでも、運命シリーズには興味なかったっス。さっき言った通り、オラクルの目的はあんま達成してほしくないんで。そんなに集められても嬉《うれ》しくないんス」

燐胡の話は中々要領を得ない。話が行ったり来たりで何が言いたいのか理解ができない。研究者とはこういうものなのだろうか。部屋は常に取っ散らかっていそうだが、頭の中まで整理できていないのだろうか。

「時間稼ぎのつもりなら、下手くそだと評価せざるを得ないね」

「ええ、言ったじゃないスか。お喋りに付き合ってくださいよ～！」

「君が一方的に喋っているだけのように思えるけど？」

「た、確かに……！　ごめんっス。普段引きこもって研究してばかりだから、久しぶりに喋れるとつい興奮してしまって。えっと……朝凪ちゃんが興味ある話をすればいいんスよね」

不機嫌そうに眉を寄せる夜帳。燐胡は慌てて下手くそな愛想笑いをする。

「というか、本題はコレ……［世界］のスキルについてッス」

燐胡の言葉に、夜帳はピクリと反応を見せる。

先ほどまで興味なさげにタブレットに視線を落としていたリリアンも、顔を上げた。

「あ、よかったッス。ちゃんと興味引けたみたいで」

燐胡は白衣のポケットに手を入れて続ける。

「零番［愚者］から二十番［審判］までの二十一枚の運命シリーズを集めれば顕現すると言われている最後の一枚――［世界］。［世界］を手にすれば何でも願いが叶うなんて陳腐な噂《うわさ》が流れているけど、それは正確じゃないッス。［世界］の力は、やり直す力。ここまでは、結構簡単に辿《たど》り着けた。問題は、やり直すとは具体的に何をどうする力なのかってことッス」

「たしかに、興味深い話だね」

「ああ、朝凪ちゃんが全て知っていることを、私は知ってるッス。だって、見て来たでしょ？」

燐胡は打って変わって落ち着いたトーンで言った。

夜帳は目を瞬かせる。燐胡の口からその言葉が出たことに、心底驚いた。

「君はそれを誰から聞いたんだい？」

「嫌だなあ、私は研究者っスよ。与えられただけの答えに価値は感じないっス。辿り着いたんスよ、こんな怪しい組織。調べないわけがないっス」

「日之館燐胡。君はボクに会いたかったと言ったね」

「そうっス」

「それは、答え合わせがしたかったということかい？」

夜帳の言葉に、燐胡はニッと口角を上げる。

日之館燐胡。現在十八歳。

ＰＳＡ計画の被験者。セレクタークラスに所属。プレイヤースキルの適合に失敗。副作用の発現。所謂《いわゆる》、無能世代《タレントエラー》として括《くく》られる。その後、オラクルワンドの研究者として、第二分室室長の地位を得る。

これが、夜帳が知っている彼女のステータスだ。

それ以上でも、以下でもない。オラクル所属のただの優秀な研究者。

「君がそんなアプローチをしてきたのは、今までで初めてのことだよ」

夜帳の言葉に真実を確信し、燐胡は高らかに声を上げる。

「やっぱりそうなんスね！　記憶を保持したまま過去に戻るのが［世界］の力！」

燐胡は高揚感から赤面し、思わずといった様子で高笑いをする。

「それでオラクルのあり得ない技術力にも説明がつく。朝凪ちゃんの不可解な行動にも……あなたにはずっと目を付けてたっス」

「へえ。それはセレクタークラスにいた時からかい？」

「そうっス。研究者の勘ってヤツっス」

そう、燐胡の言うようにこの世界は繰り返している。

二十一枚の運命シリーズが集まり、誰かが［世界］を使う度に、何度も、何度も、何度も。

「［世界］を使えば、記憶を保持したまま過去に戻ることができる。問題は、それより前に［世界］を使っていた者の記憶はどうなるかってことっス。私の見立てでは、一度［世界］のスキルを使った者は、それ以降のループも観測できる。つまり、N回目の世界で［世界］を使えば、N＋一回目、N＋二回目……と世界を観測し続けることができる」

「ほう、今回の君は群を抜いて優秀なようだ」

「おっほ、やっぱり燐胡ちゃん天才っス～。そんで、やっぱりスペル＆ライフズは最高っス！　飽きないっスね～！」

燐胡が、この真実に辿り着いたのが初めてであるかは答え合わせのしようがないが、少なくとも夜帳に接触してきたのは初めてのことだった。

今回の世界は、これまでに比べてイレギュラーが多い。それが世界を繰り返し続けた結果かはわからないが、今回は大きなターニングポイントのように思える。

例えば、このタイミングで桐谷駿がオラクルに攫われたこと。

これは、［世界］の真実に辿り着いた燐胡が夜帳《とばり》に接触するための手段だったようだ。

例えば、萌葱《もえぎ》咲奈の存在。

これまでの世界で、そんな少女は存在しなかった。存在しなかったというのは、夜帳の観測範囲内に居なかったという話で、色藤島《しきとうじま》でプレイヤーとして覚醒し、駿と共に行動するなんて流れは今までになかった。

これは単純に、彼女の姉である萌葱那奈《なな》がプレイヤースキルを獲得したことが原因だろう。世界を重ねるごとに、ＰＳＡ計画の制度は上がっている。

例えば、桐谷駿のプレイヤースキル。

駿のプレイヤースキルは今までの世界とは異なるものだった。

「ねえ、朝凪《あさなぎ》ちゃんは今何回目っスか？」

「さて、どうだろうね」

「あらら、答える気はないっスか」

この世界がターニングポイントだとするならば、日之館燐胡の存在にも意味がある。

夜帳は、彼女への対応を図りかねていた。

「私の見立てでは、過去に［世界］を使った者は三人。うちらのボス、久留宮園善《くるみやえんぜん》。朝凪ちゃん。そして、桐谷凜音《りんね》っス」

そう、その三人は確定だ。

凜音に関しては、少々イレギュラーだった。

本来、［世界］を使えば前回の世界の記憶保持ができるのだが、桐谷凜音は過去に戻った時点ではその記憶がなかったようなのだ。

それは、セレクタークラスで彼女と接触した時に確認した。

彼女が世界の記憶を思い出したのは、セレクタークラスが崩壊したその後。

「足りないね」

「はい？」

「三人じゃないよ。少なくとも、後一人以上はいる」

でないと、不可解なことが多すぎる。

いるはずなのだ。もう一人か、二人。絶対にいるはずなのだ。

夜帳が確認できていないということは、夜帳が［世界］を使う前の世界で［世界］を使った者がいるはずなのだ。夜帳よりも早く、［世界］を使った者がいるはずなのだ。

「マジっスか!?　誰っスか!?」

「君は研究者なのだろう？　自分の力で辿り着いてみせたまえよ」

「ぐぬぬ……それは、その通りっス。でも知りたいっス～」
燐胡《りんご》は、頭を抱えてうんうん唸《うな》り始める。
「そうだ。この部屋は、本来君も入れない場所だろう？」
「そうっスよ～。そこは今回の騒ぎに乗じてうまーくやったっス。ここ警備システムを解除したのも私なんで、朝凪ちゃんは私に感謝した方がいいっス」
燐胡はあっけらかんとした様子で答える。
夜帳はネームドライフの進化に関して書かれた資料を、燐胡の方へ放る。
「［世界］のスキルを確信したのは、この資料を見てかい？」
「あくまで、補強くらいっスけど。そうっスね」
資料の後半には、久留宮園善が観測した今までに進化したことのあるネームドライフが記述されていた。
［吊《つ》るし人］ガラッフェン
［愚者］ディアノート
［輝炎竜《きえんりゆう》］ソルブレイズ
［死神］マイヒメ
［塔］アルカンシエル
［運命の輪］メルメルルタン

［恋人］ミラティア――……等々。

　これらは、現在の世界では進化をしていないライフも含んでいる。

「進化の条件はライフごとに異なる。ただ、精神的なものに起因しているのは間違いない。そのライフ自身が望む在り方に関する事象がトリガーとなる場合が多い。進化とは、何だと思う？」

「……適合、スかね」

　燐胡はこめかみに人指し指を当ててたっぷり考え込んだ後、答えた。

「悪くない回答だ。ライフの進化とは、新たな力を得るだなんて単純なことじゃない。その存在自体が再定義される。生き物として在り方が切り替わる」

「……朝凪ちゃんの目的は何なんスか」

　夜帳に得体の知れなさを感じたのか、神妙な面持ちで問うた。

「そんな大層な願いはないさ。きっと、君からしたら、とてもくだらない小さなものにずっと執着しているんだよ」

　それは、夜帳が初めて［世界］の力を使った時から変わらぬ願い。

　夜帳をここまで強くしたのは、たった一つの約束。きっと、彼は覚えていないだろうけど、夜帳はその時の約束を今でも引きずっている。

「ああ、そうだ。進化について知りたいと言うならば、そろそろ面白いものが見られると思うよ」

［吊るし人］は特殊なカードだとして、どの世界でも一体のネームドライフの進化を皮切りに、次々と同現象が起こるようになる。

「ずっと疑問だった。今でも、その疑問は変わらないけれど、確信はある。どの世界でも彼女が一番に進化する」

おそらく、彼女には特別な意味がある。

だから、オラクルも毎回、毎回、どの世界でも最初に手に入れようとしていた。ループした世界の知識を使い、確実に手中に収めようと動いていた。

それでも彼女だけは一度だって所有者を変えたことはない。

本当に彼女だけなのだ。

夜帳が観測した全ての世界を合わせて、たった一人にしか所有されなかったライフというのは。

「彼女……？」

「恋人さ」

世界ごとに運命シリーズを使役するプレイヤーに変化はあるのに、彼女だけは絶対に変わらなかった。何があっても、何度でも、変わらなかった。

「彼女の『恋人』という配役だけは、どれだけ繰り返しても変わらない。恐ろしくさえ思うよ」

「…………」

「でも、だからこそ、彼女の存在はわかりやすいターニングポイントだ」

「朝凪ちゃんは何をするつもりなんスか……？」

燐胡は深く何かを考え込む。オラクル一とも言えるその頭脳をフル回転させ、思考を巡らせる。その内容を推測することはできないけれど、感情なら理解ができる。

今、自分の物語が始まった。その実感である。

燐胡はギラギラと滾《たぎ》った瞳を夜帳へ向ける。

「そんな抽象的な質問には答えようがないね」

「朝凪ちゃんはどれだけの知識を、力を蓄えてるんスか？」

「さて、どうだろうね」

「気になるっス。私は朝凪夜帳のことを侮っていたかもしれないっス。気になるっス。ああ、いいなあ。ワクワクする、こんなにもワクワクすること中々ないんスよ。気になる、気になるな～！」

燐胡は悶《もだ》えるように体をくねらせ、夜帳へ詰め寄った。

その瞳は夜帳だけを捉えて、キラキラと輝いている。

「それは私に対するラブコールだと捉えてもいいのかな」

「そっス。特大のビッグラブを送るっスよ」

「では、それに応えよう――」

燐胡は両手でハートマークを作り、押し出す。

夜帳は視線でリリアンを呼び、燐胡に背を向けて歩き出した。

「PSA計画の失敗作、無能世代《タレントエラー》でオラクルの一研究員。君が外聞を気にするタイプだとは思えないけれど、随分とつまらない人生だとは思わないかい？」

別棟の一室から出ると、振り返って燐胡に手を伸ばした。

「そろそろ物語は次の段階に突入する。さて、君はどの配役を望む？」

日之館《ひのたち》燐胡は非常にわかりやすい人間だ。

己の興味関心が生きる指針。危険を顧みることはなく、代償とは自由の下に降りかかる当たり前の事象であると心得ている。

組織や家族などの枠組みに執着はなく、また、他人に執着がない。義理や人情で動くことはないが、それ故に揺らぐことのない素直さが備わっているとも言える。

「私は生きる上で自分の欲望が一番大事っス。この喉の渇きを潤せるのは、知識の濁流のみ。いいっスよ、朝凪ちゃんが私の渇きを満たしてくれるというなら――」

迷いも、罪悪感もないようだった。

夜帳の話を聞いて、仮説が確信に変わった瞬間から、きっと彼女の気持ちは決まっていた。

燐胡は忠犬が主《あるじ》に尻尾を振るように、夜帳に飛びつく。

彼女の手を強く握り込んだのだった。

◇

鈍い爆発音が響き、施設全体が大きく震える。

ミラティアは、愛《いと》しき主の下へ向かって走る、走る、走る。

世界は灰色で酷《ひど》くつまらない。心を揺れ動かされることはない。

何もかもが等しく無価値で、ただ、人類だけは特別に嫌いだった。

ミラティアは恋人の名を冠するライフで、運命シリーズは使い手を自分で選ぶという性質を持つ。ミラティアの基準は簡単だった。

――わたしをほれさせて？

別に何かを期待していたわけではない。

恋とか愛とか、そんな陳腐なものに憧れはなかった。

ただ、恋人なんて名を冠しているのだから……それだけだ。

嘘《うそ》だ。

きっと、心のどこかで期待をしていたのだろう。

そうでなければ、全てを拒絶してしまえばよかった。

少ない可能性でも、そのか細い糸を残したのは、誰かに自分を連れ出して欲しかったからに他ならない。今なら、そう思う。いや、今の結果を見て、そう思いたいのだ。

「――シュン！」

駿《しゅん》と出会ったのは、約四年前のことだった。

そして、当然駿にも同じ条件を課した――。

「ほ、惚《ほ》れ!?　はあ!?」

酷く戸惑っていたのを覚えている。

後から聞いた話だが、もっと肉体的に過酷な試練を受けさせられるものだと思っていたらしい。スペル&ライフズを使った戦闘で、プレイヤーとしての力を見抜くとかなんとか。

しかし、彼に諦めるという選択肢はなかったようで。

「できないなら、わたしはあなたのものになれない」

「わあったよ！　やる、やってやらあ！」

それから、駿のアプローチが始まった。

今考えると、至福の時間だが、当時のミラティアにとっては退屈以外の何ものでもなかった。

駿の行動は、今までの人類と大して変わらなかった。

ミラティアをどこかに連れ出したり、何か物を贈ってみたり。

あまりにもミラティアが無反応なものだから、過去には逆上して力ずくでものにしようとしてくる輩《やから》もいた。それなら別に構わない。ミラティアが本気で《幻惑》を使って、捕まえられる人類など存在しないからだ。

駿とのやり取りが面倒になったミラティアは、《幻惑》を使って姿を隠す。

そして、惰性で映画を見るようにぼうっと、駿を眺めていた。

駿が他の人類と違ったのは諦めが悪かったことくらいだろうか。

《幻惑》で姿を隠して、それを駿が見つけて、何かしらのアプローチをして、全てが不発に終わる。そんなやり取りが、三か月くらいは続いた。

ミラティアは一度目から変わらない反応を見せる。手応えも何もないはずだ。

それでも、駿は変わらず何度も突撃してきた。

何をそんなに執着しているのか。

三か月に渡る攻防の途中で一度、アドバイスをしたことがある。

「この時間でほかの運命シリーズをさがしたほうが楽、だよ？　わたしみたいに面倒な条件だす子ばかりじゃないし」

しかし、駿には全く響いた様子がなかった。

「いいや、ダメだね。俺はお前が欲しい。絶対に諦めねえからな」

ドキッとするとかは全くなかったけれど、変なヤツだなと思った。

三か月の膠着《こうちゃく》状態に変化が訪れたのは、とある事件がきっかけだった。

誠背区《せいはいく》にて情報収集をしていた駿が複数のプレイヤーに襲われた。

当時の駿にはミラティアもいなかったし、カードを大量に仕入れられる伝手《つて》もなかった。

スペル&ライフズの時間的な制約を受けないプレイヤースキル——《限定解除《リミテッドアンロック》》があれど、それを存分に発揮できる環境が整えられていなかったのだ。

駿は矢継ぎ早にスペルを唱え、しかし、圧倒的な数の前には無力だった。

敵は二十人近いプレイヤー。発動可能カード枚数に換算すれば、二百枚。

いくら、駿なら実質無限のカード行使が可能だったとしても、その数を覆すのは困難だった。

ミラティアは、《幻惑》で姿を消し、ずっと戦う駿の姿を見ていた。

生傷は増え、それでも駿は獣のような剝《む》き出《だ》しの殺意を以《もっ》て敵へ向かって行き、吹き飛ばされて、アスファルトを転がり——ついに、立ち上がることができない程の傷を負った。

当時の駿は、今よりもずっと自罰的な戦い方で、傷つくことを望んでいるようにさえ見えた。

「たすけてほしい?」

《幻惑》を解いたミラティアは、仰向《あおむ》けで倒れる駿を見下ろした。

「いらねえよ」

ミラティアの出現に驚き一瞬目を見開いたが、すぐにその提案を一蹴する。

別に気まぐれで助けるくらい本当にしてやってもよかったのだが。

「惚れさせようって相手に助けて貰《もら》ってちゃ世話ねえだろ」

「しぬよ?」

駿は反抗するように、鋭い眼光を飛ばす。

身体《からだ》はボロボロなのに、瞳だけは肉食獣のように爛々《らんらん》と輝いている。

「この三か月、ずっと考えてた。惚れさせるって何をすりゃあいい? 意中の女の子を射止めようなんて経験はねえし、そんな器用なタイプでもねえ」

駿は傷だらけの身体を震わせながら、立ち上がろうと藻掻《もが》く。

「だから、とりあえず、お前のことを好きになろうって考えた。俺が好きじゃないのに、惚れさせるも何もないだろってさ」

歯を食いしばり、息を荒くして、血を流しながらも、ゆっくりと体を起こす。

「でも、全然好きになれねえ! 見た目は可愛《かわい》いけど、不愛想だし、何しても反応しねえし、俺のことなんか視界にも入ってねえみたいで、クソ腹立つ」

そして、立ち上がって叫んだ。

「だから、お前の話を聞かせてくれ。そんでお前のことを好きになって、そしたら、全力で口説いてやるから！」

「意味がわからない」

そんなボロボロになってまでも、惚れさせるどうこうなんてくだらないことを考えていたのか。

「わかれ。今のままじゃ、俺はお前を好きになれないし、させられない」

「でも、わたしがほしいんでしょ？」

「それは運命シリーズとしてのお前の話だろ。ミラティア自身は別だ。興味ねえ。だから、まずはお前のことを教えろって言ってんだよ」

「……それって必要なこと？」

「ああ、必要だね」

嗚呼《ああ》、思い返せば、お前の話を聞かせてくれなんて言われたのは初めてかもしれない。

だって、人類の興味は運命シリーズの［恋人］ミラティアにしかなかったから。

「おもしろい話はできない、よ？」

「別に期待してねえよ」

「あなたがわたしをすきになったところで、わたしはあなたをすきにならないと思う」

「それはわかんねえだろ。その仏頂面、全部だらしないゆるっゆるの笑顔に変えてやる」

「……すきにすれば」

言うと、ミラティアは駿を守るように立つ。

そして、エクストラスキル《無貌ノ理《ことわり》》を使い、地獄を映し出したようなおどろおどろしい光景を創り出す。《無貌ノ理》による幻は、現実となる。

一瞬にして、二十人弱のプレイヤーを葬ったのだった。

それからは、徐々に会話の頻度が増えていった。

ゆっくりと惹《ひ》かれあうように、それが自然なことであるように、距離を縮めていった。

そして、いつからかミラティアは駿のために戦うようになっていて、その頃には「わたしをほれさせて？」なんて約束は曖昧なものになっていて、結局駿がミラティアのことを好きになったのかもよくわからないままで……ただ、確実に言えることは。

「わたしは恋人。シュンだけの恋人」

ミラティアの方が、駿を心底好きになっていたということだ。

いつしか立場は逆転していて、今ではミラティアの方が駿を惚れさせようとしているようにさえ思える。

この灰色の世界で、駿だけが色をもって見えるのだ。

ミラティアの世界は、自分と駿さえいれば完結してしまう。

変わらず世界は灰色で、人類は嫌いで、他のことになんて欠片《かけら》も興味を持てないけれど、駿だけはたった一つの確かな意味があるものになった。
細かい理屈なんてない。知りたくもない。解き明かしたくはない。
ただ、彼の隣だけが心底心地いい。
それがわかっていれば、不足などあろうはずがない。
──だから、ミラティアは駿を唯一無二と定めて、今日も走る。
第二地帯研究所。響く爆音。怒号。喧騒《けんそう》。
迷いなどなく、ただ、色のある方へ走る。
「シュン──ッ！」
そして、やっと辿《たど》り着く。
ミラティアの居場所であり、世界──愛《いと》しき主の下へ。
「シュン──ッッ‼」

◇

凜音《りんね》の召喚した十五体のライフは一体も欠けることなく、駿を囲んでいた。
駿は床に座り込み、肩で息をする。脂汗が止まらない。
見上げれば、ライフの群れ。それもぼやけて見える。

意識が曖昧で思考力は剝ぎ取られ、現実と虚構が混じる。

「兄さん、これでずっと一緒に居られるね。兄さんも、それを望んでたんだもんね？」

凜音の声がやけに間延びして聞こえる。

まるで、海中にでも沈められているようだ。

「マスター！　しっかりしなさい！　マスター！」

ヘレミアの声も、酷《ひど》く遠くに聞こえる。

四年前、離れ離れになってからずっと捜していた妹。

ようやく再会した凜音は、どうも様子がおかしくて、洗脳されているとか、無理やり言うことを聞かせられているようなら簡単だったけれど、どうにもそう単純なことではないようで。

そもそも、今の駿《しゅん》に力ずくで凜音を連れ出す力などなくて。

疲れと、痛みと、想定外の邂逅《かいこう》に疲弊して、思考は徐々に強度を失っていく。

——わたしをほれさせて？

そんな中、ミラティアの声が聞こえた気がした。

出会った当時の彼女は今よりずっと不愛想で、人形のようで、無感情だった。

「今まで使いこなしたプレイヤーは一人もいないわ」そう鶺鴒《せきれい》から言われて、［恋人］ミラティアのカードを受け取った。それが彼女との出会いだ。

鶺鴒の情報にも納得で、ミラティアが心を開く様子は全くなく、一歩進んで二歩下がるどころか、微動だにしなかったのを覚えている。

ミラティア攻略の過程で、まず自分がミラティアを好きになることが必要だと結論付けた。

……それからは、なんとなく上手《うま》くいったように思える。特に劇的なきっかけはなかった。

無理やり上げろと言われれば幾つか思いつくのだが、それよりも徐々に、自然にその距離は縮まっていったように思う。

セレクタークラスの崩壊、妹と離れ離れになってやさぐれていた駿の心は、ミラティアと共に生活することによって、甘やかに融《と》かされていった。

もし、ミラティアと出会えなかったら、きっと同じ道は辿らなかっただろう。

どこかで心は折れてしまっていたかもしれない。

多くの物を諦めて、楽な道を選んでいたかもしれない。

それこそ、今日の凜音の誘いにも、二つ返事で乗っていたかもしれない。

嗚呼、そうだ。

きっと、ミラティアがいたから、駿は自分を疑わずに進むことができた。

この世界が駿の目を通して認識されるものだとして、歪《ゆが》むことがなかったのは、ミラティアが隣にいたからに違いない。

駿はずっと一人じゃなかった。

さて、凜音はどうだっただろうか。

「負けられねえよな……」

不鮮明な視界の中、巨大なライフが躍動する。

駿へ向けて手を伸ばす動きは、やけに緩慢だ。

「シュン――ッ！」

懐かしい、彼女の声が聞こえた気がした。

たった一週間弱。それだけの期間が堪《たま》らなく長く感じる。

ずっと一緒だったから。

ずっと隣に居てくれたから。

「シュン――ッッ!!」

再び、彼女の声が聞こえた。

次は鮮明に。鈴の音のような声が耳朶《じだ》を打つ。

「み、ら……?」

そして、視界にトパーズブルーの髪が揺れる。

と共に眩《まばゆ》い光が視界いっぱいに展開された。

ミラティアのスキル《幻惑》が発動し、二人の姿をライフから隠す。

響く轟音《ごうおん》。凜音のライフによる一撃が、数メートル横の地面に炸裂《さくれつ》する。ライフは駿を捉えたと思ったのだろう。しかし、それはミラティアが映し出した幻だった。

「本当にミラなのか……？」

地面が爆《は》ぜ、礫《つぶて》が駿の頬を掠《かす》める。

ミラティアは駿がシュヴァルベに転送して、ここはオラクルの研究所で、しかも南極にあって、ミラティアがいるはずはなくて……。

「ん、シュンのわたし。さんじょう」

しかし、この甘く落ち着く香りも、心を満たす透き通った声音も、間違いなくミラティアのものだった。

「どうして、ここに……」

「シュンのとなりがわたしの居場所だから？」

言うと、小首を傾《かし》げてくすりと微笑《ほほえ》んだ。

駿は堪らずミラティアを強く抱きしめる。

「うぅ――っ」

突然の抱擁にミラティアは理解が追い付いていないようで、しかし、優しくそれを受け入れる。力を抜いて、滅多にない駿からの抱擁を堪能しているようにも見えた。

「さみしかった？」

「別に……」

言いながらも、駿は更に強くミラティアを抱きしめる。

もう離すまいと強く、強く。

「ふふ、よっぽどさみしかったんだ、ね」

ミラティアは駿の背中に手を回し、抱き着く。

彼女の柔らかな感触とか、鼻腔《びこう》をくすぐる甘い香りとかが、今更照れ臭い。

ミラティアは、マーキングをするかのように、激しく駿の胸板に頬ずりをした。「シュンニウム……ほきゅう」なんて呟《つぶや》きながら、鼻息を荒くしている。

どうやら、彼女こそ相当寂しかったようだ。

そんな相棒の姿を見て、駿は正気を取り戻す。

「って、んなことしてる場合じゃねえよな」

「してる場合！　今まで分のシュンニウムを取り戻す必要がある」

「なんだよ、その体に悪そうな元素……」

駿たちは十五体のライフに囲まれており、絶体絶命。

ミラティアが何人もの駿たちの幻を創り出し、凛音を攪乱《かくらん》しているが、それもいつまでもつかわからない。今も周囲では爆音が響き、破壊されたコンクリートが舞っている。

「《幻惑》を全力でかどう中。しばらくは平気だよ？」

とは言え、いつ流れ弾が飛んでくるかわからない状況である。

手元からすり抜けかかっていた意識の紐《ひも》を摑《つか》みなおし、駿の思考は大分冷静さを取り戻した。体中痛いのは相変わらずだが、思考の方は大分クリアだ。

「なので、しばらくイチャイチャするのがよい」

「いや、そういう状況じゃなくないか？」

「どう考えてもそういう状況。シュン、正気？」

「………………」

「オラクルに変なことされておかしくなった？」

いつも通りのミラティアに安心感を覚える。

状況は何一つ好転していないのに、ミラティアが居てくれるだけで全てが解決したような気持になるのだから、不思議だ。

「さっきさ、ミラと出会った時のことを思い出してたんだ」

「……!?　わたしも」

駿の腕の中にいたミラティアは、ぱあっと顔を上げた。

鼻先が触れ合いそうな距離で、嬉《うれ》しそうに瞳を輝かせている。

「――わたしをほれさせて？　ミラはそう言ってたよな」

「ん。シュンはちゃんとわたしをほれさせた、よ」

「それなんだけどさ、結局ミラは何で俺を選んでくれたんだ？」

ミラティアは、駿の言葉に一瞬キョトンとする。

それから、唇に人指し指を当てて、愛おしそうに口元を緩める。

「ないしょ」

「てことは、明確なきっかけがあるのか？」

「ある。けど、シュンは覚えてないから、今はないしょ」

「いや、言われれば思い出すかも」

「ダメ、ないしょ。強いていうなら、シュンがわたしの世界だから」

そう言うと、ミラティアはギュッと駿を胸に抱いた。

慈しむように、そっと頭を撫《な》でる。

「……世界？」

すると、聞き覚えのある金切り声が響いた。

「わ、ちょ!?　ミラちゃん！って、これ幻惑!?　どこー!?　私を置いていかないでよ！」

ミラティアが顕現しているということは、彼女を召喚したプレイヤーもいるということで、それは状況的に咲奈《さな》以外に考えられなかった。

咲奈は「ぎゃー!?」なんて叫びながら、十五体のライフの流れ弾を避《よ》ける。

ミラティアが作り出す駿たちの幻に話しかけては、それが立ち消えてを繰り返していた。

「ほんと……空気よめない」

その光景を見て、ミラティアは呆《あき》れたように嘆息する。

「でも、少しは咲奈と仲良くなったみたいだな」

「さなって何？」

ミラティアはキョトンと首を傾げる。

ここまで来るのに多大な苦労があったろうし、同じ目的を持って行動する中で少なからず絆《きずな》が芽生えたものと思っての発言だったが……二人の関係は相変わらずのようだ。

「さすがにアイツも不憫《ふびん》だな……」

ミラティアがここまで来られたのは、間違いなく咲奈の助力があってこそのものだろう。

声を掛けてやるかと立ち上がったその瞬間、腰の辺りに強い衝撃が走る。

「お主人っ！　おしゅじぃいいいん！　申し訳ございません！　ルルナが、ルルナが不甲《ふ》斐《が》《い》なかったばかりにぃいいいいい！」

「ぐえ――っ?!」

全速力のルルナによる突進を喰《く》らったのだ。

ルルナはうわーん、と滝のような涙を流しながら、駿へ抱き着いた。

「ちょ、ルルナ!?　《幻惑》で隠れてたのによくわかったな」

「お主人の匂いは完璧に覚えております故！　それはもう毎日お主人の洗濯物の匂いを……はっ、何でもないでございます」

「元気そうで何よりだよ、ルルナ」

駿《しゅん》は腰に抱き着くルルナの頭を優しく撫でてやる。

ルルナは気持ちよさそうに身を捩《よじ》り、尻尾をぶんぶんと振った。

「ふええん……お主人が、お主人がこんなルルナにも優しいでございますうう」

もう隠す意味もないと思ったのだろう。ミラティアは、駿たちを包んでいた幻惑のベールを取り、その姿を外界に晒《さら》す。代わりに、咲奈とルルナの幻も無数に創り出し、場の撹乱は続けた。

「あああっ！　そんなところに！　ホント信じられないわ！」

それでやっと本物の存在に気付いた咲奈が、半泣きでこちらに走ってくる。

傷だらけの駿を見て、すぐにＳＲの治癒系ベーシックスペルを発動した。

淡い青緑色の光が駿を包み込み、体中の傷を癒していく。

「ちょ、あんたホントね、あんたね……色々大変だったんだからねっ！」

半泣きの咲奈は、上手く言葉が出ないようだ。

再会できた嬉しさと、不満と、色々ミックスした複雑な表情を浮かべている。

「今回ばかりは本当に助かった」

「ふん。そうね、これで借りは全部返せたかしら！」

「元々貸しなんてないつもりだけどな。キリングバイトだって、俺の目的のついでにやっただけだし、あったとしても、この前のチャンスアッパーの件で十分チャラだろ」

「べっつに、あんたがどう感じてようが関係ないわよ！　私の気持ちの問題だから」

「そうかよ」

「ええ、そうよ！」

変わらず素直じゃない咲奈は、ふんと鼻を鳴らしてそっぽを向く。

そんな咲奈の正面に、ミラティアがやってくる。

「ど、どうしたの、ミラちゃん？」

こんな些細《ささい》な働きかけですら、珍しかったのだろう。

咲奈は何かを期待するような表情で、チラチラとミラティアに視線を向ける。

「別に礼には及ばないわよ。私が好きでやったことだし、ミラちゃんの力がなければそもそもここまで辿《たど》り着けなかったし？　まあ、でも、お礼の言葉くらいは受け取ってあげてもいいけど……」

しかし、駿はその後のオチまで想像できた。

ルルナも同じようで、既に咲奈へ憐《あわ》れみの視線を向けていた。

「よくわからないけど、はやく所有権を解除して？」

「え、ちょ、ミラちゃん？　さすがに冷たくないかしら？」

「一瞬とはいえ、仮とはいえ、納得してないとはいえ、シュン以外に所有権を刻まれてるの、がまんできないから」

ミラティアはナイフのような鋭い眼光を向ける。全く容赦がなかった。

「うわあああん、ちょっとくらい心を開いてくれてもいいじゃないのよおお、今回一緒にがんばったじゃないのよおお」

「咲奈殿……哀れでございます」

咲奈は泣きながら、ミラティアとルルナの所有権を解除。

精霊種のＬレア、［恋人］ミラティアに、同じく［月］ルルナ。

カードとなった二人と駿のデッキホルダーを差し出し、駿はそれを受け取った。

「ていうか、ずっと突っ込まなかったけど、何でそいつがここにいるのよ」

咲奈は駿の後ろに控えている、ヘレミアに視線を向けた。

その目には僅かに警戒心と嫌悪感を宿しているが、それも無理からぬこと。

咲奈の姉、那奈《なな》を《傀儡《かいらい》》にかけ、操っていたライフこそ、このヘレミアだからだ。

キリングバイトの地下闘技場にて駿と咲奈はヘレミアを打倒、那奈を救い出すことは叶《かな》ったが、咲奈にとって敵であることには違いなかった。

「あらぁ、久しぶりですね。萌葱《もえぎ》咲奈。那奈さんはお元気ですか？」

「へえ、よくそんな口が利けるわね。お姉ちゃんの恨み、ここで晴らしてもいいのよ？」

「あらあら、それは楽しみだわあ」

くすりと笑うヘレミアと、頬を引きつらせる咲奈。

そんな一触即発の二人の間に駿が入った。

「おい、ヘレミア煽《あお》るな。咲奈も、気持ちはわかるが今は堪《こら》えてくれ。一応味方だし、今回色々助けて貰《もら》ったんだ」

「……わかってるわよ」

駿が使役している以上、現在敵ではないことくらい咲奈も理解していたのだろう。不服そうに口を尖《とが》らせながらも、受け入れてくれた。

「この状況で場を搔《か》き乱すようなことしないわ」

「そうねぇ、情緒不安定な妹ちゃんが、もう限界みたいだしぃ」

ヘレミアの言葉に、駿、咲奈の注意が凜音《りんね》へ向く。

ミラティアの召喚が解除されたことにより、《幻惑》も解けた。

ライフを攪乱してくれていた幻はなくなり、駿たちの姿が晒される。

「ほんと、邪魔してくれるよ。邪魔だよね。兄妹水入らずって言葉を知らないのかな？」

凜音は光のない瞳を揺らして、つま先をトントンと動かす。

辺りは、ここが室内であることを忘れさせられる程に荒れ果てており、天井は二階まで吹き抜けになっていた。気づけば、駿たちを囲んでいた研究員や警備員たちの姿はない。

巻き込まれまいとして退散したのだろう。

「兄さんって……あなたが、駿が捜してるっていう妹？」

凜音の姿を見て、咲奈は顔を引きつらせる。

「でも、感動の再会ってわけでもなさそうね……」

凜音は、咲奈など眼中にないようで、ジッと駿だけを見つめている。

「もう、いいかな？　それ、私の兄さんなんだけど、いいかな？」

凜音はカードホルダーから、新たに一枚のカードを取り出した。

弾《はじ》けるは、眩《まばゆ》いばかりの虹色の光彩。

スペル&ライフズ最上級の輝きは、荒れたフィールドを舞い、人型を創る。

「運命シリーズ!?　凜音も持ってたのか!?」

それは、まるで天使のように悠々と戦場に降り立った。

サファイアの双眸《そうぼう》に、地面に付くほどに伸びたプラチナブロンド。美しく、しかし、その表情はアンドロイドのようにピクリとも動かない。身体《からだ》は蒼《あお》色の機械装甲に覆われており、背中には翼のように十本の剣が展開されている。

「運命シリーズ、十四番。[節制]アリセンリーベ。最初から、この子に頼めばよかったんだ。ねえ、兄さんッ！」

凜音が腕を振り上げると、アリセンリーベの背中を浮遊していた剣が床に付き刺さる。

それに合わせて床が隆起。巨大な棘《とげ》が互いに喰い合うようにしながら、駿へ向けて一直線に殺到した。

「容赦なしかよ——ッ!?」

駿は弾かれたように横っ飛びをする。脛《すね》の辺りが僅かな熱を帯びる。斬られた——が、かすり傷程度だ。

この一撃の直線上にいた凜音のライフの二体が巻き添えを喰らい、破棄される。

駿はすぐに体を起こし、咲奈と距離を取るような位置へ駆けた。

「ちょ、あんた駿の妹なんじゃないの!?」

「そうだよ、私は兄さんだけの妹」

「嬉々《きき》として兄を傷つける妹がどこにいるのよ!」

「あはッ、いいの、全部なかったことにできるから! だから、兄さんを傷つけるのは、その覚悟のためでもあるの」

凜音が指揮者のように腕を振るうと、合わせて地面が隆起し、無数の大蛇をかたどった。その蛇は、それぞれが意志を持つように駿へ一直線、喰らいつく。避ける。迫る。避ける——リズミカルに破砕音が響き、粉塵《ふんじん》が舞う。

アリセンリーベ以外のライフも十三体残っているが、アリセンリーベが召喚されたことによって、動きが鈍くなった。これだけ地形を滅茶苦茶《めちゃくちゃ》にされ、手当たり次第な攻撃をされたらそれもそのはずで——また、一体アリセンリーベの攻撃に巻き込まれた。

「随分雑な戦い方するじゃねえか！　新しいおもちゃではしゃいでんのか！」

「いいでしょ。スキル《構築》――その名前の通り、剣を刻んだものを私の意のままに創り変えるのッ！」

ミラティアの《幻惑》がない今、凜音の使役する全てのライフが駿を知覚できる。

駿はベーシックスペルで無理やり底上げした身体能力を使って、走る、走る、走る。

「ごめんな、凜音。俺はずっと恵まれてたんだ」

巨人のライフが、駿へ向かって棍棒《こんぼう》をフルスイング。駿はスライディングで巨人の股下を通り抜けて、それを回避。立ち上がった勢いのまま、正面に待ち構えていた骸骨騎士のライフへ突進。

しかし、そのライフ共々喰らい尽くすように、アリセンリーベの《構築》によって創られた大蛇が駿へ殺到した。

激しい破壊音。と共に粉塵が舞い上がる。

「駿――ッ!!」

咲奈《さな》の叫び声が響く。

それに応えるように、粉塵の中から一人の少年の影がゆらゆらと立ち上がった。

「オラクルに囚《とら》われて、ミラと離れ離れになってようやく気付けた。ずっと執着してたのは俺の方だ。もう、絶対に手放さねえ」

その影へ向かって、追加の大蛇が叩《たた》き込まれ——瞬間、それを置き去りにするように、駿は粉塵を裂いて駆け出していた。

右手には二枚のカード。

虹色の枠を光らせる、この世に二十二枚しか存在しない運命シリーズの二枚。

「ミラは俺の唯一無二の恋人だ！」

駿は蛇行して走りながら、ミラティア、ルルナに一瞬で所有権を刻んだ。

所有権を刻んだその刹那——指先に灼《や》けるような熱が走る。

「……っ!?」

ただ、不快感はなく、痛みもない。

心の中に宿った火種を再燃させるような、体中に伝播《でんぱ》し、激しく高ぶらせるような熱だった。心臓の鼓動を加速させるような、そんな予感だった。

駿はミラティアのカードを見て大きく目を見開く。

「これは……っ」

虹色に輝いていたはずの枠が、純白に彩られている。

それだけではない、カードテキストが書き換わっていた。

——最近は、ネームドライフの進化について研究してるっス！　浪漫《ろまん》あるっスよね～。

牢《ろう》で聞いた、燐胡《りんご》の言葉が脳内で反芻《はんすう》される。

もし、これがそうだとしたら。

いや、そうじゃなくてもいい。

駿《しゅん》のやることは変わらず、愛《いと》しの相棒への想《おも》いも変わらないのだから。

ただ、彼女がその想いに応えてくれたと言うのなら、これほど嬉《うれ》しいことはないだろう。

「ははッ、全く最高の恋人だなあ！」

地面を再構築して創られた無数の蛇に、駿は壁際まで追い込まれる。

凜音の瞳には、もう駿の姿は映っていない。或《ある》いは、駿以外が映らなかった故にこうなってしまったのか。

「この四年間で何があったのか、何を知ったのかはわからねえけど、とても今のお前が幸せには見えねえよ。それだけで、戦う理由になるだろ。なあ、凜音！」

「今の幸せ？　そんなの無価値だよ。過去の傷も、未来の不安もずっと残ってる！」

「それが生きるってことじゃねえのか。俺たちが生きる今、この一瞬にだけ価値があるんじゃねえのか！」

「うるっさい、うるさい！　いつから、そんなに口うるさくなったの！　兄さん！」

駿を目掛けて無数の大蛇が殺到する。

臆することなく、前へ――背後から激しい破砕音と衝撃を受けながら、飛び出した。

そして、ずっと変わらない切り札を掲げる。

「わかってる。俺は運がよかっただけだ。俺の考えが正しいと思ってるわけじゃねえ、それでも、俺の正しさをお前に押し付けるッ」

ミラティアのカードが全てを掻き消さんばかりの純白の光を放つ。

ここから、スペル＆ライフズは一段階ステージを上げる。

これがライフの可能性。新たな力の発現、その先駆けだ。

「俺は、俺の恋人と前に進むぞ！」

高らかに、叫ぶ。

「契りを交わせ――［悠久の花嫁］ミラティア！」

新たな恋人の生誕を祝福するように、重々しい鐘の音が鳴り響く。

純白の粒子が舞い、踊る。

「まさかこれって……進化――っ!?」

形作るは、調和の取れた完璧な人型。

純白のベールに、オペラグローブ。裾の広がったスカート。

まるでウェディングドレス――花嫁の名に相応《ふさわ》しく華やかで、美しい。

「ん！　シュンのわたし。再びさんじょう」

ミラティアは、ふわりと地面に降り立った。

すぐに駿の下へ駆け寄ると、軽いステップを刻んで一回転してみせる。

「ふにゃあ、と表情を緩ませたミラティアは、駿の懐に潜り込むように距離を詰める。

「ああ、可愛《かわい》いよ。よく似合ってる」

「ふへへ……知ってる」

ふにゃあ、と表情を緩ませたミラティアは、駿の懐に潜り込むように距離を詰める。

「誓いのキスでもしとく……？」

そして、上目遣いで可愛らしく小首を傾《かし》げた。

進化しても、ミラティアに時と場を弁《わきま》えるという機能は備わらなかったようで、いや、むしろそこだけ退化している気さえする。

「結局、またあなたなんだ。嫌だな、すごくイライラする」

凛音は、アリセンリーベの《構築》を発動。

どれだけ粉々に砕かれようが、素材が尽きない限り大蛇は再構築される。建物を利用して創った大蛇は更に数を増し、ミラティアに向けて殺到した。

しかし、ミラティアは微動だにしない。見向きもしない。

「じゃましないで？」

そして、ミラティアに触れた瞬間、無数の蛇は霞《かすみ》のように消え去った。

「レジェンドスキル《純白の誓い》――その現実は幻となる。今、シュンと話してるから、ダメ、だよ？」

「――ッ！　邪魔はそっちでしょ！」

凛音《りんね》は激高し、続けて《構築》を使う。

無数の蛇は数を増してミラティアに襲い来るが、やはり、その全ては彼女の純白のウエディングドレスに汚れ一つ付けることすらできない。

「ねえ、シュン。シュンはどうしたい？」

「凛音を連れ戻したいよ。今の凛音にとって何が救いかわからない。自分が正しいとも思ってない。それでも、たった一人の妹を、ただ、連れ戻したい」

「ん。わかった。それがシュンの望みなら」

ミラティアはこくりと頷《うなず》くと、凛音に向き直る。

迷いはない。主《あるじ》の願いを叶《かな》えるために、その障害を相手取ることを決めたようだった。

「進化って何よ。ほんっとあんたらめちゃくちゃよね」

端の方で縮こまっていた咲奈は、こちらの方が安全だと思ったのか寄ってくる。

「戦う準備はできてたんだけど、もしかして私の出番ない？」

「ここまでミラを連れて来てくれただけで十分だよ。後は任せてくれ」

「わかったわ。妹さんのことだもの、それがいいと思うわ」

咲奈が駿の後ろに退《ひ》くと、入れ替わるようにヘレミアがやってきた。

「私も必要なさそうね、マスター」

「なにもできないの間違いじゃない？」

ミラティアは背を向けたまま、ぼそりと呟《つぶや》いた。

「あなたが突っかかってくるなんて珍しいわねぇ」

「…………」

「あら、あらあらあら。もしかして、あなたがいない間にマスターと二人きりだったことに嫉妬しているのかしら」

にんまりと口角を上げたヘレミアは、ここぞとばかりに責め立てる。

「どうして、わたしがあなたごときに嫉妬するの？」

「窮地で愛が芽生えるなんて珍しいことじゃないものよ。マスターは私に感謝していると思うわよ。私が居なきゃ脱出もできなかったもの」

「気にしない。わたしの方がかわいい、し」

ミラティアの声音は普段と変わらぬ極めて平坦《へいたん》なものだった。

しかし、横目でその表情を確認すると、むっすうと不満そうに頬を膨らませていた。珍しい反応だが、多少は思うところがあったらしい。

「冗談よぉ。私は都合よくマスターを利用しただけだもの」

そう言うと、ヘレミアはくすくすと笑いながら離れていく。

駿は隣でリスのように頬を膨らませるミラティアの頭を優しく撫《な》でる。

「シュン……？」

ミラティアは駿に体を寄せ、腕を絡める。

眼前に広がるのは、変わらず悲惨な光景。

ライフはアリセンリーベを含めて十数体。

《構築》は、資源がある限り、無限に攻撃を仕掛けられる厄介なスキルだ。そして、その資源は基本的に尽きることがないものだと考えていいだろう。

「本気、だしても平気？」

「ああ、大丈夫だ。今日もミラは最高に可愛い」

「ん、シュンもいつもカッコいい、よ」

ミラティアはゆっくりと両手を持ち上げる。

と。呼応するように地獄が這《は》い上がる。

溢《あふ》れでる亡者と、触れれば爛《ただ》れてしまいそうな程に毒々しい泥と、墓標のように突き立つ骨。地獄の一部を摑《つか》み出して、均《なら》したような光景。それが、床と天井に広がり、天地を繋《つな》ぐように汚泥が上下を行き来する。

これが、ミラティアの創り出した幻であることは誰もが理解している。

しかし、それでも猶《なお》、恐怖を禁じ得ないリアリティ。

「どうせ、幻でしょ！　関係ないよ！」

凜音の号令に、アリセンリーベが低い駆動音を響かせ、展開した剣を突き立てる。

対象を創り変える《瓦解》は、どうやらミラティアの創り出した幻にも有効。

地獄の光景を燦《さん》として広がる花畑に切り替える。

が、それをすぐにミラティアの幻が上塗りする。

その押し合いが始まった。

「《無貌ノ理《ことわり》》――幻を現実に反映するエクストラスキルはまだ残ってるぜ。警戒しとけよ、凜音」

と言っても、範囲は狭いが凜音の周辺の幻は、アリセンリーベが上書きしている。その一帯は言わば、凜音にとっての安全地帯だ。

「でもまあ、それだけ注意を引けてれば上等だろ」

駿は続けて、カードを掲げる。

虹色の光彩が弾《はじ》け、舞う。

頭の上にピコンと立つ獣耳に、ふさふさとした尻尾。

虹の粒子によって、小柄な愛らしい人型が模《かたど》られた。

「お主人の従者、ルルナ参戦でございます！」

［月］ルルナの召喚。狐耳《きつねみみ》をぴこぴこと動かし、やる気十分な様子だ。

ルルナの召喚に合わせ、ミラティアは、《幻惑》で駿、ルルナ、自分の姿を地獄の光景に隠す。

「厄介だけどさ、攻撃手段が少なすぎるよ！」

凜音のライフは十体が健在。

駿《しゅん》が姿を消した地点を中心に、手当たり次第の攻撃を始める。

《構築》で創られた大蛇も、同じように地を這い、体を打ち付けながら縦横無尽に暴れまわる。先ほどより大蛇の数が減っているのは、アリセンリーベの意識が幻の押し合いに割かれているからだろうか。

「ぐ——っ!?」

駿は身体能力強化のスペルを使い、ライフの猛攻を避《よ》け続ける。

ミラティアの《幻惑》による透明化を上乗せして、ギリギリの回避と言ったところか。

やはりこの狭いフィールドでは限界があるようで、どうしても一定の攻撃は喰《く》らってしまう。

「時間の問題だよ、早く降参してよ。兄さん！」

凜音はアリセンリーベの創り出した安全地帯から出ず、手当たり次第の攻撃を続ける。

安全地帯に居る限り、凜音の周囲には《幻惑》は及ばない。となれば、《無貌ノ理》による、実体を持つ幻の奇襲も難しい。

凜音が危険を冒す必要はない。これで駿が潰れるのは時間の問題だ。

「わかるよ、辛《つら》かったよね。今だって大変な思いをしてる。これからも、きっと戦い続けなきゃいけない。きっとじゃない、絶対そうなの。巻き込まれ続ける。だから、全部なかったことにするの！」

「それでお前は本当に幸せになれるのか？」

「もう、私たちの人生、こんなにぐっちゃぐちゃになっちゃったんだもん。セレクタークラスに捕らわれて、人体実験をされて、戦わされて――それ以外の方法なんてないでしょ！」

「幸せになれるのかって聞いてんだよ！」

「なれるよ！　今を耐えれば、幸せな未来が待ってる」

駿は［世界］の詳細な能力を知らない。

凜音の言葉を信じるなら、過去の改竄《かいざん》、もしくはやり直しができるスキルだろうか。

「だって過去を思い出すと辛いでしょ！　未来を想《おも》うと不安でしょ？」

凜音は、駿のためを思って戦ってくれている。

少なくとも、凜音自身はそう思っている。

幸せな未来を創るために、凜音なりに奔走しているのはわかる。

しかし、それで目の前の駿を蔑《ないがし》ろにするのは、酷《ひど》く矛盾してはいないだろうか。

「だからね、スペル&ライフズなんてなかったことにするの。全部、ぜーんぶこれが悪いんだから！」

　瞬間、凜音の使役するライフの一体が真っ二つに裂けて崩れ落ちる。

「――ッ!?」

《幻惑》による幻ではない。幻を現実に反映する《無貌ノ理》も使っていない。

だからこそ、凜音の表情に困惑の色が浮かぶ。

その答えは、二体目のライフが上下に真っ二つにされると同時に姿を現す。

「お主人の障害は、全てルルナが取り払います故！」

ルルナが持っているのは、斬首刑に使用するような平たい剣――SSRアームドスペル【因果《いんが》切断《せつだん》―アブディエル】だった。付与された効果は単純明快、それは尽《ことごと》くを切り裂く絶対の剣。

「――っ、ハズレLのくせにッ」

姿を晒《さら》したルルナへライフを集め、息つく暇もない連撃を繰り出す。

しかし、ルルナは大型の剣を持ちながら、軽業師のような身のこなしでひらりひらとかわし続ける。

「なあ、凜音《りんね》！　その幸せな未来のためなら、何をしてもいいのか！」

「そうだよ！」

「なかったことにできれば、それでいいのか！」

「そうだよ！　誰を殺してもいい、蔑ろにしてもいい！」

凛音は高揚していて、それでいて悲しそうにも、寂しそうにも見えた。

とても幸せな未来を語るような表情には見えなかった。

「この世界は私にとってもう嘘《うそ》なんだよ！　ここじゃ、もう私たちは幸せになれないの！」

「お前が幸せになろうとしてないだけだろ！　目の前にお兄ちゃんが居るんだから、頼れよ！　せっかく、再会できたんじゃねえか！」

ミラティアの《幻惑》で姿を隠している駿は、声で位置を悟られないように、走り続ける。

それでも、大体の位置を捕捉して何体かのライフは寄ってくる。

「絶対にしないよ、そんなこと。そのために、世界を変えるんだから！」

だが、不毛な追いかけっこも、もうおしまいだ。

「はじめまして、お兄さんをわたしにください？」

凛音のすぐ目の前へ、ミラティアが迫っていた。

ミラティアは新たに獲得した《純白の誓い》のスキルで全ての攻撃をいなしながら、距離を詰める。アリセンリーベは幻惑を書き換えて花畑を創っていたが、ミラティアはその花畑にすら適応するように追加で《幻惑》を発動した。凛音の安全地帯だと思われた場所にも侵入したのだ。

「――っ⁉」

ぎょっとした凜音は、慌ててアリセンリーべの剣の一本を打ち出す。浮遊していた剣が出射され、ミラティアを貫い――たが、それは《幻惑》で創られた幻だった。

本物は既に凜音の背後へ。

ミラティアは飛び込むように、凜音へ手を伸ばす。

「とった」

ミラティアの新スキル《純白の誓い》は、触れた現実を幻へと変える。

それはモノの在り方を変えるものであり、決して命を奪う類の異能ではない。しかし、幻へとカタチを変えてしまえば、それはミラティアの《幻惑》が及ぶ範囲内となる。

肉体を傷つけることはできないが、現実と幻の存在変換の差異で意識を奪うことは容易。

「――ッ⁉」

そして、ミラティアが凜音に触れる――その刹那。

二人の間に闇が広がり、ミラティアの姿が消えた。

少なくとも駿の目にはそう映った。と思った瞬間、ミラティアは駿の隣に姿を現した。

「転移……？」

転移したことによって、ミラティアが思い描く座標と展開された幻にズレが生じ、這い出た地獄は、全てが嘘だったかのように霧散する。

加えて、ミラティアの体から純白の粒子が弾け、装いがいつものワンピースへと戻った。

どうやら、［悠久の花嫁］には時間制限があるらしい。

「水を差すような真似《まね》をしてごめんね。でも、ちょっと展開が早すぎるかな」

凛音の隣の空間が黒く歪《ゆが》み、一人の少年が姿を現した。

雪のような白髪に、負けずとも劣らずの白い肌。黒いローブを身に纏《まと》った少年は、駿を見て薄ら笑いを浮かべた。

少年……で、正しいのだろうか。その姿形は少年であるはずなのに、そう呼ぶことに酷く違和感を覚える。子供の身体《からだ》から魂を抜いて、魔王の魂でもぶち込んだようなアンバランス感。生物として、何か致命的な間違いがあるような気がしてならなかった。

「お前は……」

駿の脳内に警戒アラートが鳴り響く。

本能が告げている、コイツは今まで出会って来た誰よりも危険だ、と。

「僕は久留宮園善《くるみやえんぜん》」

園善と名乗った少年は、姿に似合わず荘厳な声音を響かせる。

「オラクルのトップだと言えば、わかりやすいかな」

「お前が……っ」

駿は怒りに強く拳を握った。

反射的に、堰《せき》を切ったように嫌悪感が溢《あふ》れ出る。

「お前が凜音を誑《たぶら》かしたのかッ！」

「誑かしたなんて酷いな。これは全て、僕たちのお姫様の意志だよ」

「あァ!?」

「たっぷり話す時間はあったよね。それでわかったんじゃないかな」

それは、そうだ。少なくともスペルやスキルによる洗脳はない。

それに、これ以上会話を重ねても、きっと話は平行線だった。

駿の言葉は、何一つ凜音に響いていなかったのだから。

「……っ」

ルルナは駿の下へ戻り、凜音もライフを引かせる。そうしながらも、納得がいかないと、攻め立てるような視線を園善へ向けていた。

「ねえ、久留宮さん。どうして、邪魔するのかな？」

「むしろ、時間を取ってあげたことに感謝してほしいものだね。僕としては、この段階で二人には会ってほしくなかったんだから。色々計画が台無しだよ」

「そんなの、私には関係ないよ」

「いいや、君にとっても必要なことだよ」

「……それは、わかるけど。割り込まないで欲しかった」

「実際、君の兄は君の下へは戻ってきてくれなかった。それが答えなんじゃないのかい？

時じゃなかったんだ」

「……だから、わかってるって」

凜音は口を尖《とが》らせ、園善はそれを窘《たしな》める。

反吐《へど》が出る。まるで、親子のようなやり取りだった。

この白髪の少年を目の前にしていると、怒りがとめどなく溢れて来る。

「ここでラスボス倒せれば、全部解決とかならねえか？　試してみるか？　なあ」

「ダメだよ。ここで君が取れる行動は、命乞いだけだ。そしたら、見逃してあげる。君にも、まだ大事な役割があるから、殺したくはないんだ」

「いつでも殺せるような言い方じゃねえか」

ああ、ダメだ。凜音をこの男の下に置いておくのはまずい。

凜音の意志とか、幸せとか、そういう次元の話じゃない。

アイツはまずい。それだけは、相対すればわかる。

「気に食わねえな、存在全てがッ」

駿《しゅん》が咲奈《さな》から受け取ったカードホルダーに手をかける。

「ダメじゃないか、駿。君はそうやってすぐに熱くなるんだから」

と。

誰かにその腕を摑《つか》まれた。

ふわりと、視界の端に全てが抜け落ちたような白髪が揺れる。

「なんでお前が――っ!?」

園善が現れた時とまるっきり同じ空間の歪みを跨《また》いで、夜帳《とばり》が現れた。

それで合点がいく。咲奈がこの南極にある研究所に来られたのも、全て夜帳の手引きがあったからだろう。

夜帳は、駿の反応が気持ちいいと言わんばかりのニヤケ面を浮かべていた。

「何でとは、酷い言い草じゃないか。君が恋人ちゃんと出会えたのも、これから生きて帰れるのも全てボクのおかげだというのに」

「そもそも、テメエが寄越《よこ》した手紙のせいでこうなってんじゃねえのか?」

結局、意図はわからなかったが、今回の一件の全ては、あの手紙から始まったように思えて仕方がない。

「ほお、君にしては中々鋭いじゃないか。牢獄《ろうごく》生活で一段と成長したんじゃないかい?もう一週間くらい、ここで暮らして見るかい?」

くつくつと笑う夜帳。

駿は夜帳を摑み上げようと手を伸ばすが、ひらりと躱《かわ》される。

「というのは冗談で、今回はとりあえず退散するとしようか」

そして、夜帳の言葉に抗議の声を上げようとするも、駿の背後に回り込んだ夜帳に口を塞がれた。「もがもご——っ」と意味のない音が漏れるだけで、夜帳も振り払えそうにない。

「ちょっと、駿。あまり激しくしないでおくれよ。恥ずかしいじゃないか」

夜帳は、駿の動きを封じるように、ピッタリと体をくっつけてくる。

ミラティアは夜帳に無表情で蹴りを入れ続けるが、微動だにしない。駿は未《いま》だ言葉を発せず、拘束から抜け出すこともできていなかった。

「今回は、これで痛み分けとしよう。それでいいだろう？　久留宮園善」

「朝凪《あさなぎ》夜帳。やはり、最大の障害は君か」

園善は、夜帳を見てふと微笑《ほほえ》んだ。

「いいよ。僕としても、その方が都合がいい。凜音もいいね？」

「……いいよ。嫌だけど、仕方ないもんね」

凜音は叱られた子供のように、プイと顔を逸《そ》らす。

夜帳に拘束された駿は、慌てて凜音へ手を伸ばした。

「待ってくれ、待てよ！　おい、凜音！」

せっかく再会できたのに。生きていることが確認できただけよかった。凜音は何を知っているんだ。この四年間に何があったんだ。凜音は自分のために頑張っているんだよな……駿の中に様々な思いが次々と湧いて、泡のように消える。

「クソ、何だよ……どうしてッ」

凜音は酷《ひど》く冷たい目をしていた。

笑っているはずなのに、どこか虚《むな》しく。

視線を交わしているはずなのに、彼女の瞳に駿は映らない。

念願の再会だったはずで、その想《おも》いは同じだったはずなのに、すれ違う。

夜帳に拘束されて、よかったかもしれない。

結局、今の駿には凜音にかける、最後の言葉が見つからなかった。

「じゃあ、ボクたちはおいとまするよ」

夜帳がきざったらしく指を鳴らす。

すると、闇が大きく口を開ける。

それは夜帳ごと駿を飲み込み、ミラティアを飲み込み、ルルナを、咲奈を、ヘレミアを飲み込んでいく。

凜音《りんね》の姿は徐々に遠くに、しかし、その声は明瞭に駿の耳へ届く。

「じゃあね、兄さん。絶対に迎えに行くよ。絶対に幸せにするよ。絶対、絶対だからね、約束だからね」

呪いを打ち込むように、泥のような声音が流れ込む。

倒すべき敵も、救い出すべき妹も目の前にいるのに、彼らに手が届く未来は上手《うま》く思い描けなかった。

エピローグ

Epilogue

夜帳の持つ運命シリーズ、［女教皇］リリアンのスキルで転移。オラクル研究所内の別地点へ跳び、真琴《まこと》たち公安のメンバーを回収する。それから、更に転移を重ね、色藤島《しきとうじま》へ帰還した。

高菓《こうか》区《く》の外れ——夜帳の経営するカードショップ。

店内を埋め尽くすように配置された、無数のショーケース。駿たち、オラクル研究所から帰還したメンバー以外に人の姿はなく、店内はしんと静まり返っていた。

こんな場所でも、久しぶりの色藤島には安堵《あんど》感《かん》を覚える。

「朝凪さん、今回は助かったわ。ありがとう」

公安部特殊部隊の隊長、真昼美《まひるみ》鈴《れい》は律義に頭を下げる。

その隣で、真琴も同じように会釈した。

「いいさ。ボクとしても君たちに恩を売れたのは大きい」

「そうね、派手な動きをしても少しくらいは見逃してあげるわ。あなたが島の平和を脅かす存在でない限りだけれど」

夜帳がいなければ、公安メンバーは真琴を奪還するどころか、その居場所さえ突き止められたかはわからない。その点では夜帳に深く感謝しているようだったが、未だ警戒心が残っているようで、美鈴は厳しい視線を向ける。

　夜帳は、そんな反応にも馴《な》れっこのようで、やれやれと嘆息した。

　そんな中、真琴は駿の正面にやってきて、右手を差し出した。

「お世話になったね。それと、ごめん。今回の件は、元はと言えば僕が巻き込んだようなものだからね」

「最終的には俺が決めてそうしたんだ、別にお前のせいだとは思ってねえよ」

「そっか。ならよかった」

　それを聞いても、罪悪感が拭えないのか、真琴は気まずそうにぽりぽりと頬を掻《か》く。

　思えば、真琴とは不思議な縁だった。

　鶴妓港《つるぎこう》の倉庫で出会い、オラクルという共通の敵のために協力。その後、二人仲良く南極にあるオラクルの研究所に幽閉されることとなった。

　そこで弱音を聞かれたのは既に葬り去りたい思い出だが……。

「敵の敵は味方。君がオラクルの敵である限り、僕は個人的にでも手を貸そうと思うし、貸してもらいたいと思ってる。どうかな？」

「俺は運命シリーズを集めるぞ」

　真琴たち公安は、運命シリーズが一か所に集まらないことを目的にしていると言っていた。となれば、いつかどこかで、駿と公安は敵対することになるだろう。

「でも、［世界］を顕現させたいわけじゃないでしょ？」

零番から二十番の二十一枚を集めることで顕現すると言われている、最後の運命シリーズ――［世界］。

何でも願いを叶《かな》えると噂《うわさ》だったそのスキルは、どうやら過去に干渉する類のものらしい。

凜音は全ての運命シリーズを集め、スペル&ライフズを消し去るために、その力を使おうとしている。それがオラクルの総意かはわからないが、どちらにせよ、［世界］が彼らの手中に収まるのは、非常に危険だ。

別に駿は［世界］を使いたくて、運命シリーズを集めていたわけではない。

凜音がオラクルに居ると知り、そのオラクルが運命シリーズを求めているのだと聞いた。だとすれば、運命シリーズを集めることこそが、オラクルと近づく最短距離だと思ったのだ。

「まあ、そうだな」

「じゃあ、いいよ。僕が零番のディアを手放さなければいいだけだしね」

「ま、気が向いたらな……少しくらい手伝ってやるよ」

言うと、真琴の手を取り、握手を交わした。

美鈴、真琴、ディアノートの公安組は、扉を潜《くぐ》りカードショップを後にする。

「なあ、夜帳。話がある」

駿は夜帳に向き直ると、真剣な面持ちで口を開いた。

「なんだい？　窮地を脱してハイになっているのはわかるけど、告白ならもう少しロマンチックな場所を希望するよ」

夜帳のふざけた態度も意に介さず、駿は咲奈たちに視線を向ける。

「悪い。席を外してくれないか？」

「……はい。気を付けてくださいね、お主人」

「わかったわよ」

ルルナはぐるる、と夜帳を睨《にら》みつけ、咲奈は大人しく首肯した。

ミラティアはちょこんと駿の袖を摘《つ》まむ。

「シュン？」

「大丈夫。すぐに戻るから先に戻っててくれ」

駿が家の鍵を渡すと、ミラティアはそれを大事そうに握りしめた。

「ん。わかった」

「お主人！　ご飯を用意して家で待っておりますね！　腕によりを掛けて作るので期待していてください！」

駿は咲奈たち三人を見送り、ふうと息を吐く。

辺りを見回して、ヘレミアの姿がないことに気づく。ここに転移してきた時は確かに一緒に居たはずだが、いつの間に帰ってしまったのだろうか。元オラクルだった彼女からすれば、アウェイな状況だ。多少の気まずさがあったのかもしれない、とか思うとヘレミアも可愛《かわい》らしく思えてきた。

それから、今まで誰も触れなかったもう一人の人物に目を向け、詰め寄った。

「おい、なんでお前がここにいる？」

薄い金髪に、紺色のスクール水着。その上から白衣を羽織り、首元には工業用のゴーグルをつけたザ・変態研究者——日之館燐胡《ひのたちりんご》。

牢《ろう》に閉じ込めた駿《しゅん》たちに、定期的にちょっかいをかけていた頭のおかしな少女である。

真琴はよく知らん顔をしていられたな、と感心する。

「お前オラクルの研究者だよな？　実はスパイだったとかじゃねえよな？」

「あー裏切ったっス」

「は？」

「こっちのが面白そうだったんで、オラクル裏切ったっス」

そんなバイトばっくれたっス、みたいなテンションで言われても意味がわからない。

「まーまー、私のことは気にしなくていいっス。別に敵じゃないっス」

「いや、信じられねえだろ……」

「ささ、存分に朝凪《あさなぎ》ちゃんと語り合うといいっス」

「いや、お前も席外せよ」

「私のことはぬいぐるみか何かだと思って欲しいっス」

「こんな気持ち悪い恰好《かっこう》のぬいぐるみがいてたまるか！」

駿は燐胡を蹴り上げると、燐胡はそれをひらりと躱《かわ》す。

「やん、怒ってるっスか!?　別に桐谷《きりや》君を閉じ込めたのは私の意志じゃないっスよ!?」

「いいから、どっかいけ！」

そう言って、しばらく追いかけっこを続ける。

「今度、高級メロンパンでも奢《おご》るから許して欲しいっス～」

「いらねえわ！　なんか変な薬入ってそうだしな！」

「あ、その手が！」

追いかける駿と、逃げる燐胡で店内をぐるぐるぐる。それにストップをかけたのは、夜帳《とばり》の鶴の一声だった。

「日之館燐胡。席を外してくれ」

「……っス」

燐胡はぴしりと動きを止めると、肩を落として店外へと歩いて行った。

彼女はこれから夜帳と共に行動することになるのだろうか。

そうだとしたら、益々《ますます》夜帳とは会いたくなくなった駿だった。

夜帳と燐胡が結託したら、碌《ろく》なことにならないのは目に見えているのだ。

「なあ、夜帳。お前に聞きたいことが二つある」

一息ついた夜帳は、アームドスペルでアンティークな椅子を顕現。深く腰掛け、脚を組んだ。加えて、もう一脚の椅子を顕現させると、駿に座るよう促した。駿は僅かな逡巡《しゅんじゅん》の後、椅子に腰かけ、言葉を続ける。

「ミラの進化について。お前は知ってたのか？」

「ネームドライフに進化の可能性が宿っていることなら知っていた。その条件は知らなかったけれど、今回でおおよその仮説は立ったかな」

夜帳は足を組み直し、得意げに指を立てた。

「なぜ、ネームドライフだけが進化するのか。それは、彼らが自由意志を持つ知的生命体だからだ。意志とか、想《おも》いとか、願いとか、そんな曖昧なものがすごく重要なカギになっていてね、とりわけ彼らは己の在り方について執着しているらしい」

「在り方……？」

「そう。例えば、［月］ルルナ。彼女は、従者として誓いを立てた主《あるじ》に報いることこそ、己の在り方だと心得ている」

それは一見、とても不自由な生き方のように思える。

でも、彼女にとっては、そうではなかった。従者として最上の主に仕え、己の全てを捧《ささ》ぐ。そんな生き方が幸せだった。

駿に誓いを立てるにあたって、ルルナはそれを再認識したようだった。

「なら、［恋人］はどうかな？」

「ミラは……ずっと俺に可愛く思われることを最優先にしてた。どんな時でも、恋人であろうとした……それが、ミラの在り方なのか？」

普段の日常生活から、戦闘時まで。家に居る時も、街に出ている時も、学校でも、駿の隣に居る時、ミラティアは病的なまでに可愛くあることに拘《こだわ》っていた。

それだけじゃない。どんな状況でも駿の味方で、駿の感情の機微にだけは聡《さと》く、甘えて、甘やかして……彼女はこう言うのだ――恋人だから、と。

「そうだとも。これはボクの推測だけどね、使役するプレイヤーが、その在り方を心から望んだ時、進化の条件は満たされる」

――ずっと執着してたのは俺の方だ。もう、絶対に手放さねえ。ミラは俺の唯一無二の恋人だ。

駿は、あの時、ミラティアが己の恋人であることを何よりも望んだ。

疑いようもなく、一片の曇りなく、ミラティアが望む在り方を望んだのだ。

「望む未来の交差……魂の共鳴と言ったところかな」

口元に手をやった夜帳は、妖しく微笑《ほほえ》む。

脚を組みなおすと、「わかったところで、この条件を狙って満たすのは難しいだろうけどね」なんて付け足した。

「今日は随分と素直に答えてくれるんだな」

「今がそういうフェイズだというだけの話だよ。で、もう一つは？　今日は気分がいいから、なんでも答えてあげようじゃないか」

この二つ目の質問が本命だった。

燐胡から聞いて、ずっと心に引っかかっていたこと。

「お前は、今まで陰ながら俺を守ってたのか？」

駿のプレイヤースキルは貴重で、恋人使い《ファントムラバー》なんて二つ名が出回る程には有名で、それなのに駿の前に現れたのは、どれだけボロボロになろうと、勝利できる敵のみ。

それは、夜帳が裏で手を回していたからではないのだろうか。

「だとしたら、君はどうするんだい？」

夜帳は一瞬、不機嫌そうに眉を寄せたが、すぐに表情を戻す。

興味深そうに駿を見て、意地悪く口角を上げた。

「いや、どうって……」

「感謝の言葉でも述べてくれるのかい？」

「そうだとしたら……理由が知りたい」

「理由も何も、勝手に君が感謝してくれるのは得ではあるけど、そんな事実はないよ」

「でも――」

「誰に何を言われたのかは知らないけれど、それでボクに何の得があるって言うんだい？　君に恩を吹っ掛けるならまだしも、助けておいて黙っているのはおかしくないかい？」

　夜帳は大仰な仕草で、やれやれと首を振る。

「それは……そうだけど」

「話はそれだけかい？　告白されるのかと思って、ドキドキしていたのに……君は酷《ひど》いヤツだね」

「じゃあ、今回はなんで助けてくれたんだ」

「それは……それはね」

　夜帳は迷うように目を伏せる。

　立ち上がり、駿の手を取ると静かに言った。

「私はね、君のことが何よりも大切だからだよ。駿くん」

　まるで、普通の少女のような声で。

　まるで、恋する女の子のような表情で。

「……は？」

それが、あまりにも普段の夜帳とかけ離れていたから、駿は硬直した。

嘘《うそ》をつけと一蹴できればよかったが、それにしては熱が籠っていて、その目は優しく細められている。思考が止まり、言葉が続かない。

「なーんてね」

しかし、それも一瞬のこと。

やはり、夜帳は夜帳だということだろう。

「……あ?」

「そんなわけないだろう? なんだい? 本気だと思ったのかい? 期待しちゃったのかい?」

「……っ、テメエ」

夜帳のいつにも増して上機嫌な口調に、駿はぷるぷると体を震わせる。

少しでも心が動かされた自分が恨めしい、と駿は両拳を握った。

「もしかして、会う女の子、会う女の子全員自分のことが好きだとでも思っているのかい? 痛々しいを超えて、気持ち悪くないかい? ねえ、駿」

「ああもうっ! クッソうぜえ。そうだよな、お前はそういうヤツだったよな、夜帳!」

「そういうヤツだよ。でも、今回助けられたのは事実だよね? ほら、何か言うことがあるんじゃないかい?」

立ち上がった夜帳は、駿へ顔を近づける。

煽《あお》るように、ほらほらとニヤケ面を押し付けてきた。

夜帳に礼を言うのは癪《しゃく》だ。人を揶揄《からか》うことが生きがいだと言わんばかりの性悪っぷりに辟易《へきえき》する。だが、彼女の言う通り、今回助けられたのは事実で、夜帳のリリアンがいなければ、ミラティアと再会することもかなわなかった。などとぐるぐる考え、それが爆発したように立ち上がる。

「……っ、ありがとな！　助かったよ、性悪女！」

そう言い残すと、駿は早足でカードショップを出て行ったのだった。


残された夜帳は、両手で顔を覆って座り込む。

「はあああ……余計なことを言ったかな」

そして、大きなため息を吐《つ》くのだった。

もし、駿の疑問を肯定していたら……。

陰ながら駿のことを助けていて、それは本当に駿を想ってのことで、さっき言ったように駿が心の底から大切だから……なんて。

「いやいや、そしたら、ここまで頑張ってきた意味がないよ。がんばれ、私」

ブツブツと自分に言い聞かせるように呟《つぶや》くと、夜帳はバッと立ち上がる。

立ち上がる……と、目の前には燐胡《りんご》がいた。

「ほほう、それが朝凪《あさなぎ》ちゃんの素っスか？　案外かわいっスね」

彼女の存在を完全に忘れていた夜帳《とばり》は、硬直。

顔を真っ赤に染め、拳を振り上げ、殴りつける。が、それは一目でわかる運動のできない人のパンチだった。燐胡はひらりひらりとそれを避《よ》ける。

「うあああああああ――ッ、記憶を消してやる！」

「ちょ、朝凪ちゃん？　嘘っス！　冗談っス！　何も聞いてないっスよ！」

「いいや、そんなことは知らないね。消してしまおう、そうしよう、それがいいと思わないかい？　記憶？　まどろっこしいね。君を消そうか。そうしようか？」

「顔が怖いっス。口調がガチっす……」

顔を引きつらせ、一歩一歩と後ずさる燐胡。

夜帳はカードを取り出し、迷うことなく発動――そして、燐胡の絶叫がカードショップに響き渡ったのだった。

「やめるっスうううううううう!!」

◇

夜帳のカードショップを出ると、正面には壁に寄りかかった咲奈《さな》がいた。

咲奈は駿《しゅん》に気づくと、フードを取って「遅かったわね」と言って駿の横に並んだ。

路地裏を抜け、二人は駅へ向かって自然と歩き出す。

「なんだ、俺に用事でもあったのか?」

「ち、違うわ！　勘違いしないでくれる？　私はあんたに話したいことがあっただけよ」

「じゃあ、勘違いでもなんでもねえじゃねえか」

もはやツンデレでもなんでもなく、ただの頭の弱い子だった。

「ちなみに、ミラちゃんたちは先に帰ったわよ」

「そうか。改めて、ありがとな、咲奈」

「べ、別に！　あんたには返しきれない借りがあるしね、これくらいいいわよ」

もう借りもクソもないと思うのだが、それを言っても平行線だと思い、駿は口を噤《つぐ》む。

咲奈は、これくらいだなんて言うけれど、命の危険だってあったはずだ。ただでさえ、
咲奈は少し前まで本土暮らしの一般人で、プレイヤーになったのもつい最近のこと。

彼女はどれだけの恐怖を覚えて、どれだけの勇気を振り絞っただろうか。

「あ、でも、ミラちゃん、もう少しどうにかならない？　私はもっと仲良くしたいのよ？

今回も一緒に頑張ったのよ？　冷たすぎやしないかしら？」

「むしろ、優し過ぎるというか、甘すぎると思うけどなあ」

「それはあんたに対してだけよ!?　ていうか、わかって言ってるでしょ！」

咲奈の軽快なツッコミに、駿は思わず吹き出す。

このやり取りも何だか久しぶりのように感じた。

「私がいかに優秀で素晴らしい人間か、それとなく吹き込んでおいてくれないかしら？」

「してやってもいいけど、絶対に無意味だぞ」

ミラティアは別に咲奈が嫌いなわけではない。

駿以外の全ての人間に対しての感情が無なだけなのだ。

しばらく、二人のハイテンションな会話が続く。咲奈が話題を振り、駿の素っ気ない態度に突っ込んでのいつも通りのやり取りだ。

早朝と言えど、高菓区《こうかく》は今日も変わらず多くの人で賑《にぎ》わっている。

駿たちは、その喧騒《けんそう》の中を縫って歩き、駅まで辿《たど》り着く。

「ねえ、駿。私、あんたの味方だからね」

「んだよ、急に」

「妹さん、助けるんでしょ？　私も手伝ってあげるって言ってんの！　一声かけてくれれば、いつだって駆けつけてやるわよ！」

人指し指を突き付けて高らかに宣言。それから自信がなくなったのか「……役に立つ保証はできないけど」なんて付け足した。

「別にそこまでしてもらう義理は……」

「あんただって、お姉ちゃんを助けるのを手伝ってくれたじゃない」

「だから、あれはあくまでも俺の目的のために動いたんであって――」

「はいはい！　その照れ隠しもう聞き飽きたから」

駿の言葉を遮って言うと、咲奈は全くもう、とわざとらしくため息を吐く。

「照れ隠しじゃねえわ」

「とーにーかーくー！　私の力が必要な時は言いなさいよね！　じゃないと、勝手に手伝って、余計なことして、変に場を荒らして、これなら普通に声を掛けておけばよかった！ってなるんだからね！」

その自己評価ができているなら、余計なことはしないでいただきたいが……そう言っても、彼女はノリと勢いで飛び出してしまうのだろう。

「はいはい。わかったよ。頼りにしてる、咲奈」

その言葉が余程意外だったのか、咲奈はキョトンと目を見開く。

それから、心底嬉《うれ》しそうに破顔して。

「ええ、この天才美少女萌葱《もえぎ》咲奈に任せなさい！」

ない胸を叩《たた》いたのだった。

◇

咲奈と別れた後、真っすぐに帰路に就く。

あと数分で家に着くといったところで、見覚えのある女性が仁王立ちしていた。遠くのビル群を溶かすようにせり上がる朝日を背に、女性は赤黒の髪をかき上げる。

「……ヘレミア」

ヘレミアはずかずかとこちらに歩み寄ると、駿のネクタイを掴《つか》み上げた。

不機嫌そうに目を細め、ぐいと駿を引き寄せる。

「遅いわぁ」

「いや、別に待ち合わせなんかしてなかっただろ。てか、俺を待ってるとは思わなかったよ」

「あらあら、酷《ひど》い言い草ね。一緒に窮地を切り抜けた仲じゃない。ミラティアやルルナを取り戻せば、私はもう用済みなのかしらぁ？」

「勝手に外に出たのお前だろ……」

めちゃくちゃな言い分だった。

気づいた時には、カードショップにはいなかったし、かといって無理やり召喚を解除して、再召喚するのも気が引けた。ヘレミアの自由を保障する約束だったし、特にヘレミアは都合よく喚《よ》び出されるなど耐えられないだろうと思ったのだ。

「ていうか、俺を待つなら家に入ってればよかったろ？」

「はあ？　どうして、私が貴方《あなた》たちと馴《な》れ合わなきゃいけないの？　少し一緒に戦ったからって、勘違いしちゃったの？　私はあくまで、マスターを利用しただけなのよ」

「…………」

ヘレミアも中々に面倒くさそうなヤツだった。

だが、わかりやすい咲奈と違って、本音でもありそうだから、何とも反応しづらい。ヘレミアは気にしていないと言っていたが、駿は彼女の野望を打ち砕いた張本人なのだ。

「……本当はミラたちと居るのが気恥ずかしいだけだったりしてな」

そんなわけないと思って発した軽口だったが。

「は、はあ……っ!?　なんでそうなるのよ！」

どうやら、そういう気持ちもあるらしい。

マフラーを握って声を荒らげる様子は、なかなか新鮮だった。

「お前……意外と可愛《かわい》いとこあるな」

「こ、人形にするわよ！」

「たしかに、昔は引っ込み思案だったって言ってたもんな。あれ、本当だったんだな」

「その話は忘れなさい！　ほんっとあり得ないわぁ！　あなた、恩知らずにもほどがあるわよ！　いいの？　私の胸の中で泣いていたこと、ミラティアに言ってしまおうかしら」

「な、泣いてはないだろ!?」

「事実かどうかは関係ないわぁ」

口元に手を当て、くすりと笑うヘレミア。

しかし、若干の冷や汗をかいており、余裕の無さも窺《うかが》えた。

これ以上言い合っても互いが損をするだけだろう。

「……全部なかったことにしよう」

「ええ、それがいいわね」

顔を見合わせた駿とヘレミアは、気まずそうにしながらも頷《うなず》いた。

思えば、ヘレミアはミラティアやルルナのことを必ず名前で呼んでいた。それは、今回の一件がある前、キリングバイトで対峙《たいじ》していた頃から、そうだった。

ネームドライフに自由を、という目的から考えても、ヘレミアはミラティアたちに対しては好意的なはずなのだ。もっと砕けた言い方をすれば、仲良くなりたいと思っているのではないだろうか。さっきの反応を見ても、多分そうなのだろう。

「ミラティはさ、基本的に人間に興味なくて、俺以外のヤツなんて名前すら記憶に残ってないんだよ」

「何よ、急に」

「でも、ライフは別なんだろうなあ」

家ではルルナと仲良さげに喋《しゃべ》っていたりするし、そうでなくても、同じ運命シリーズのライフなどに関しては、覚えてはいるようなのだ。どういう子か、どんな力を持っているのか。それだけでも、普段のミラティアを知っていれば、珍しいように思う。

「だから、まあ、意外と気が合うんじゃねえの？」

「……余計なお世話よ」

腕を組んだヘレミアは、ぷいとそっぽを向く。

そして、そのまま駿に背を向けて歩き出した。

「約束通り自由は保障して貰《もら》うわ。私はライザを捜す。それが当面の目的よ」

「おう」

「でも、私の力が必要な時は遠慮なく呼びなさい。仕方ないから、手伝ってあげるわぁ」

ヘレミアはひらひらと手を振ると、朝日の昇る方へ向かって行った。

◇

玄関のドアを開けると、正面にミラティアが待機していた。

背筋のピンと伸びたその出《い》で立《た》ちは、忠犬を思わせる。

まさか、帰ってからずっと玄関に居たのだろうか。

「シュン、おかえり」

「ああ、ただいま。いつからそこに居たんだ？」

「帰ってから」

「ずっとか？」

「ずっと」

ミラティアは、当たり前だろう、と言わんばかりに首を傾《かし》げた。

「そ、そうか……」

もっと楽にしていてほしいのだが、しんどいとも思ってなさそうなので難しい。

中からは、鼻腔《びこう》をくすぐるいい香りが漂ってくる。

宣言通り、ルルナがご飯を作ってくれているらしい。

既にご飯は出来上がっているようで、ローテーブルの上には色とりどりの料理が並んでいた。やはり、ルルナが来てから、ＱＯＬが格段に上がった。何がハズレレジェンドなものか。当たりにも程がある。

しばらく牢屋《ろうや》で菓子パン生活だった駿としては、喉から手が出る程に恋しいルルナの手料理だ。さっそく頂こうと手を合わせるのだが。

「さすがに食べづらくないか……？」

駿《しゅん》の左側ではミラティアが、右側ではルルナがギュッと駿へ抱き着いていた。

ミラティアはここぞとばかりに頬ずりをし、ルルナの尻尾はご機嫌に揺れていた。

「いえ、いつ敵が襲ってくるかもわかりませぬ！　家の中とはいえ、ルルナは油断しないでございますよ！」

「ん。もう、離れ離れになるのはこまる。あと一日会うのが遅ければ、わたしは死んでいた」

「いや……二人とも大げさ過ぎだ――」

「おおげさじゃない！」「大げさではありませせぬ！」

駿が呆《あき》れていると、二人から強く否定されてしまった。

抱き着く力は更に強まり、ご飯どころではない。

それだけ心配をかけたということなのだろうが……。

「悪い、二人とも寂しい思いをさせたな」

「それよりも、ルルナは……ルルナは己の不甲斐《ふがい》なさに恥じ入るばかりでございます！　次、同じようなことがないように気を引き締めていきたい所存です！」

ルルナは誓いを立てるようにグッと拳を握ると、小さな声で「なので捨てないでくださいぃいいい……」と呟《つぶや》いた。

駿は、そんなルルナの頭をくしゃりと撫《な》でてやる。

「わたしはいついかなる時も駿にくっついている所存」

「それはやめとけ」

「所存……！」

ミラティアは冗談で言ってなさそうなところが怖かった。

今だって、天才的な考えだと言わんばかりに瞳をキラキラ輝かせている。

「シュン、わたしはシュンだけの味方だから安心してね。これからも、ずっと隣にいるから、ね」

ミラティアは、そう言うと駿の頭を包み込むように抱擁した。

孤独に怯《おび》えているように見えるのだろうか。ミラティアの不在に強く不安を抱いていたことを見抜かれているのだろうか。再会した時の、あの様子を見られたら、言い訳なんてできないけれど。

「妹、あきらめてない、でしょ？」

「ああ、目的は変わらねえ。運命シリーズを追う、そんで凜音《りんね》を取り戻してみせる」

「ん。仕方ないので、シュンだけの恋人が助けてあげる」

「ルルナも、どこまでもお主人にお供致します！」

そんな駿の決意表明に、二人の相棒は力強く応えるのだった。

あとがき

　私は十年後、二十年後の自分というのがあまり想像できないでいます。大体の人がそうだろうとも思うのですが、ふと未来のことを考えたとき真っ先に、私は生きていないのではなかろうかと思うわけです。どうだろう、もしかしたら、一年後、数か月後かもしれないけれど、そのくらいにころっと死んでしまうかもしれない。別に希死念慮があるわけではないですし、重篤な病気に罹《かか》っているわけでもない。まだまだ、形にしたい物語もたくさんあるし、野望もある。でも、なんというか、当たり前に自分には未来があるよね、という生き方に凄《すご》く疑問を覚えるのです。例えば、老後のために貯金をした方がいいと言われても、所謂《いわゆる》お爺《じい》さんになるまでには恐らく死んでいるだろうという謎の予感が真っ先に浮かびます。死なないとしても、満足に物語を綴《つづ》れなくなる状態に陥る可能性というのも時々過ります。それは、まあ、ほぼ死ぬみたいなものなのですけど。

　落としどころを考えて書き始めたわけではないので、中々支離滅裂な話になっていますが、最近命の使い方についてよく考えるのです。より長く心臓を動かすことが生きていることかと言われると、多分そうではなくて、きっと呼吸をしているだけの屍《しかばね》みたいなものは世の中に溢《あふ》れている。命はお金と同じで使わないと意味がないのですが、お金と違って自分にその意思がなくても勝手に使われていくものだとも思うのです。自分の知らないところで勝手に命が目減りしているというのは絶望的なことだと思っていて、やはり自分の意志で吐き出していきたい。それができれば幸せかと言われると、微妙だなあとは思うのですが、私は幸せになるために生きているわけではないので、それはそれでいいんでないかなあとも思います。また五年後くらいになったら、全く別の考えになっていそうですけど。五年後生きていれば、ね。

ここからは、少し宣伝をさせていただきます。

あとがきで他作品の宣伝をするというのは、私のポリシーに反するのですが、今回の二か月連続刊行には、そういう意図も少なからず含まれているので特別ということで何卒《なにとぞ》よろしくお願いいたします。

本作発売の一か月後、七月二十五日に同じくオーバーラップ文庫様から『ありあまる魔力で異世界最強〜ワケあり美少女たちは俺がいないとダメらしい〜』が発売いたします。タイトルに関しては、デッドラインギリギリまで編集さんと頭を抱えていたのですが、これで決定のはずです。しれっと違うタイトルで発売していたら笑ってください。略称は『あま魔世』です。可愛《かわい》らしい響きですね、あまませ。

異世界でバトルして美少女とイチャイチャするお話です。ピンク髪変態吸血鬼や、白髪狐《きつね》耳無表情不思議っ娘《こ》とか、お姉ちゃんを自称して隙あらば甘やかそうとしてくるエルフなどが登場します。

もう少し真面目にあらすじを説明すると。

そこは人類種《ヒューマン》を含む四種族が大陸を席巻《せっけん》している異世界。他の種族――希少種はとある事情から魔力の自然回復の点で欠陥を抱え、虐げられていた。そんな中、喚《よ》び出された主人公――ヒグレは無尽蔵にも近い魔力を持っていて、なんとキスにより魔力を他人に譲渡することもできるらしい。どうやら他にも隠された力があって……ヒグレを中心に希少種のヒロインたちを救い、集め、四大種族の支配に抵抗していく異世界ハーレムバトルものの！　でございます。

隣にあま魔世のカバーイラストが載っているはずなので、あゆま紗由《さゆ》先生の素敵なイラストにビビッと来た方は是非お手に取っていただけると幸いです。

最後に、素敵なイラストを描いてくださったたらこＭＡＸ先生、スペルラから新企画まで一緒に頭を悩ませてくださった編集様、私の拙《つたな》い文章を正してくださった校正様、その他、本作の出版に関わる全ての人に感謝を。そして、本作を手に取ってくださったあなたに、最大級の感謝を送ります。また、どこかで会いましょう。

ありあまる魔力で異世界最強
ワケあり美少女たちは
俺がいないとダメらしい
十利ハレ
illust.
あゆま紗由
美少女たちは俺の××に夢中!?
キスから始まる最強英雄譚!
STORY
「平凡な高校生ヒグレは突如異世界へ召喚された。俺が異世界の勇者に——と心躍らせるヒグレに告げられたのは
「いいえ、あなたは私たちのエ・サ・で・す♡」
ヒグレは異世界で虐げられるワケあり少女たちを救うカギを握っているらしい——
それにしてもエサっていったいどういうこと!?」
2024.7.25 第1巻発売!
オーバーラップ文庫

OVERLAP

スペル&ライフズ 3
恋人が切り札の少年はヤンデレ妹と兄妹喧嘩するそうです

発　行　2024年6月25日　初版第一刷発行

著　者　十利ハレ
発行者　永田勝治
発行所　株式会社オーバーラップ
〒141-0031　東京都品川区西五反田 8-1-5
校正・DTP　株式会社鷗来堂
印刷・製本　大日本印刷株式会社

Printed in Japan　ISBN 978-4-8240-0850-3 C0193

作品のご感想、ファンレターをお待ちしています
あて先：〒141-0031　東京都品川区西五反田 8-1-5 五反田光和ビル4階　ライトノベル編集部
「十利ハレ」先生係／「たらこMAX」先生係

PC、スマホからWEBアンケートに答えてゲット!
★この書籍で使用しているイラストの『無料壁紙』
★さらに図書カード（1000円分）を毎月10名に抽選でプレゼント!

▶https://over-lap.co.jp/824008503
二次元バーコードまたはURLより本書へのアンケートにご協力ください。
オーバーラップ文庫公式HPのトップページからもアクセスいただけます。
※スマートフォンとPCからのアクセスにのみ対応しております。
※サイトへのアクセスや登録時に発生する通信費等はご負担ください。
※中学生以下の方は保護者の方の了承を得てから回答してください。

オーバーラップ文庫公式HP▶https://over-lap.co.jp/lnv/